AF202675

Tucholsky Wagner Zola Scott Sydow Freud Schlegel
Turgenev Wallace Fonatne
Twain Walther von der Vogelweide Fouqué Friedrich II. von Preußen
Weber Freiligrath Frey
Fechner Fichte Weiße Rose von Fallersleben Kant Ernst Frommel
Richthofen
Hölderlin
Engels Fielding Eichendorff Tacitus Dumas
Fehrs Faber Flaubert
Eliasberg Ebner Eschenbach
Feuerbach Maximilian I. von Habsburg Fock Eliot Zweig
Ewald Vergil
Goethe Elisabeth von Österreich London
Mendelssohn Balzac Shakespeare
Dostojewski Ganghofer
Trackl Stevenson Lichtenberg Rathenau Doyle Gjellerup
Mommsen Thoma Tolstoi Lenz Hambruch Droste-Hülshoff
von Arnim Hägele Hanrieder
Dach Verne Hauff Humboldt
Karrillon Reuter Rousseau Hagen Hauptmann Gautier
Garschin
Damaschke Defoe Hebbel Baudelaire
Descartes
Hegel Kussmaul Herder
Wolfram von Eschenbach Dickens Schopenhauer
Darwin Rilke George
Bronner Melville Grimm Jerome
Campe Horváth Aristoteles Bebel Proust
Bismarck Vigny Barlach Voltaire Federer Herodot
Gengenbach Heine
Storm Casanova Tersteegen Grillparzer Georgy
Lessing Gilm
Chamberlain Langbein Gryphius
Brentano Lafontaine
Strachwitz Claudius Schiller Kralik Iffland Sokrates
Katharina II. von Rußland Bellamy Schilling
Gerstäcker Raabe Gibbon Tschechow
Löns Hesse Hoffmann Gogol Wilde Vulpius
Luther Heym Hofmannsthal Gleim
Roth Klee Hölty Morgenstern Goedicke
Heyse Klopstock
Luxemburg Puschkin Homer Kleist
La Roche Horaz Mörike Musil
Machiavelli Kierkegaard Kraft Kraus
Navarra Aurel Musset
Lamprecht Kind Kirchhoff Hugo Moltke
Nestroy Marie de France
Laotse Ipsen Liebknecht
Nietzsche Nansen
Marx Lassalle Gorki Ringelnatz
von Ossietzky Klett Leibniz
May vom Stein Lawrence Irving
Petalozzi Knigge
Platon Pückler Michelangelo Kafka
Sachs Poe Kock
Liebermann Korolenko
de Sade Praetorius Mistral Zetkin

Der Verlag tredition aus Hamburg veröffentlicht in der Reihe **TREDITION CLASSICS** Werke aus mehr als zwei Jahrtausenden. Diese waren zu einem Großteil vergriffen oder nur noch antiquarisch erhältlich.

Symbolfigur für **TREDITION CLASSICS** ist Johannes Gutenberg (1400 — 1468), der Erfinder des Buchdrucks mit Metalllettern und der Druckerpresse.

Mit der Buchreihe **TREDITION CLASSICS** verfolgt tredition das Ziel, tausende Klassiker der Weltliteratur verschiedener Sprachen wieder als gedruckte Bücher aufzulegen – und das weltweit!

Die Buchreihe dient zur Bewahrung der Literatur und Förderung der Kultur. Sie trägt so dazu bei, dass viele tausend Werke nicht in Vergessenheit geraten.

Musikalische Leiden und Freuden

Ludwig Tieck

Impressum

Autor: Ludwig Tieck
Umschlagkonzept: toepferschumann, Berlin

Verlag: tredition GmbH, Hamburg
ISBN: 978-3-8424-1287-3
Printed in Germany

Einleitung des Herausgebers.

»Eine Mitteilung andrer Art gab der Freund am nächsten Abend,[1] wo er das Manuskript seiner neuesten Novelle: ›Die musikalischen Freuden und Leiden‹, vorlas.« Nach dieser Bemerkung Karl Försters in seinem Tagebuch[2] ist Tiecks fünfte Novelle: »Musikalische Leiden und Freuden«, kurz nach der »Verlobung«, spätestens Ende August des Jahres 1822 vollendet worden. Sie erschien aber erst im Spätjahr 1823 in den »Rheinblüten«.[3] Der erste Einzeldruck bildet den vierten Band der »Novellen« (nicht den fünften, weil der »Geheimnisvolle« in dieser Sammlung fehlte) und ist 1824[4] erschienen; Originalneudrucke kamen 1844 im 17. Bande der »Schriften« und 1852 im 1. Bande der »Gesammelten Novellen« heraus. Wie Tieck in seiner ältesten Novelle ehrliche und unehrliche Bestrebungen im Gebiet der bildenden Kunst, in der zweiten (dem »Geheimnisvollen«) Verlogenheit und Wahrhaftigkeit im politischen und gesellschaftlichen Treiben, in der vierten (der »Verlobung«) pietistische Heuchelei und echte, menschliche Frömmigkeit in scharfer Beleuchtung gegeneinander gehalten hatte, so machte er Natur und Unnatur, ehrliche Begeisterung und leere Phrase, wie sie das musikalische Leben der Zeit aufwies und allezeit aufweist, zum Gegenstand dichterischer, stark humoristisch gefärbter Darstellung in dieser fünften Novelle. Das Interesse für Musik war gerade damals neu belebt durch das Erscheinen von Webers »Freischütz« (1821), der von vielen als eine Erlösung vom Rossinischen Klingklang, als ein Sieg deutschen Gemüts über welsches Raffinement freudig begrüßt wurde. Tieck und der große Komponist verehrten einander als Künstler wie als Menschen, und jener ergriff gewiß herzlich gern die Gelegenheit, ein warmes Wort für den musikalischen Romantiker gegenüber den Anfeindungen der Zopf- und Modemusiker und einer borniertern Kritik öffentlich auszusprechen. Dies mag der un-

---

[1] 31. August oder 1. September 1822.

[2] »Biographische und litterarische Skizzen«, S. 285.

[3] Dritter Jahrgang, Taschenbuch auf das Jahr 1824 (nicht 1834, wie bei Köpke, oder 1823, wie bei Minor verdruckt ist; auf 1823 erschien überhaupt kein Jahrgang), Karlsruhe, Braun.

[4] Dresden, Arnoldische Buchhandlung.

mittelbare Anlaß zur Entwerfung vorliegender Novelle gewesen sein. Tiecks Teilnahme an musikalischen Interessen sowie sein feines Verständnis und gediegenes Urteil über Musik schrieb sich schon von früher Zeit her. Bereits im Reichardtschen Hause, zuerst in Berlin, dann in Halle und Giebichenstein, war er in musikalische Kreise eingeführt worden; er hatte als Jüngling die damals neuen Opern Mozarts, trotz Reichardts Widerspruch, mit Begeisterung gehört; durch seinen Freund Wackenroder war ihm die Tonkunst fest ans Herz gewachsen; auch Burgsdorff war eine musikalisch begabte Natur, in seinem und in dem gräflich Finkensteinschen Kreise zu Ziebingen und Madlitz wurden mit enthusiastischem Eifer und bewundernswertem Geschmack namentlich die Schätze der ältern italienischen und deutschen Kirchenmusik ans Licht gebracht und ihnen ein förmlicher Kultus gewidmet. Alle diese Erinnerungen und Erfahrungen verwertete der Dichter in seiner Novelle. Der Baron Fernow ist niemand anders als der Graf Finkenstein. Auch Bilder aus seiner Knabenzeit tauchten heiter verklärt in dem Dichter auf. Die humoristische Schilderung, die der »Laie« von seinen musikalischen Lernversuchen gibt, beruht durchaus auf eignen Erlebnissen des jungen Tieck. Man vergleiche folgende, auf mündliche Berichte Tiecks zurückgehende Darstellung Köpkes:[5] »Eines Tages fragte der Vater: ›nun, Ludwig, hast du nicht Lust, Musik zu lernen?‹ ... Ohne weiter zu wissen, worauf es ankomme, antwortete er, mit der Geige möge er wohl einen Versuch machen. Gesagt, gethan. Ein Musikmeister erschien bald darauf; der Unterricht nahm seinen Anfang. Es war ein guter, stiller und in seiner Kunst sehr tüchtiger Mann, aber der Weg, welchen er einschlug, war der sonderbarste ... ohne ihn über den Wert und Bedeutung der Noten aufzuklären, legte er ihm in einer der ersten Stunden die bekannte Melodie: ›Blühe, liebes Veilchen!‹ vor. Er selbst spielte sie so lange ab, bis Ludwig sie mit dem Gehör aufgefaßt hatte und leidlich nachzuspielen vermochte ... Sogleich ging man zu schwereren Stücken über. Da es ihm an allem Verständnis fehlte, auch sein Gehör keineswegs sicher war, so lahmte der Unterricht bald in der kläglichsten Weise. Die Übungen, das ihm ganz rätselhafte Notenschreiben setzte seine Geduld auf eine harte Probe; das Instrument selbst ward ihm verhaßt. Die dabei notwendige Haltung des Kopfes

---

[5] »Ludwig Tieck«, Bd. 1, S. 55 ff.

kam ihm abgeschmackt vor, die sägende Bewegung der Hand lächerlich, der schrillende Ton der Geige, seinem Ohre so nahe, schnitt ihm durch Mark und Bein. Unwillkürlich verzog er bei gewissen Tönen den Mund grimassenhaft, die sonderbarsten Gesichtsverzerrungen wurden ihm zur Gewohnheit ... Eines Sonntags, ein Tag, den der Vater durch allerlei häusliche Untersuchungen auszuzeichnen pflegte, wollte er sich auch von den Fortschritten seines Sohnes in der Musik überzeugen. Ludwig sollte vorspielen. Im guten Glauben an das, was er im Schweiße seines Angesichts gelernt hatte, trug er einige beliebte Melodien vor, mit denen er sich am besten abzufinden meinte. Schweigend hatte der Vater zugehört, endlich sagte er: ›Mein Sohn, du hast in der That Fortschritte gemacht; freilich nicht im Violinspielen, aber doch im Gesichterschneiden. Wo in aller Welt hast du diese abgeschmackten Fratzen her?‹ Zuletzt behauptete er gar, infolge dieser heillosen Musik heftige Zahnschmerzen bekommen zu haben.   Ludwig hatte sich durch sein Kratzen auf der Geige auch dem Ohre der übrigen Hausbewohner bemerklich gemacht, und bald galt er für einen Violinvirtuosen. In dem obern Stockwerk wohnte der Stadtsekretär Laspeyres, dessen aufwachsende hübsche Tochter als Hausgenossin auch seine Aufmerksamkeit erregt hatte. Sonntags pflegte sie Besuche einiger jungen Freundinnen zu empfangen, und so erging einmal die Bitte, ob Monsieur Tieck nicht die Güte haben wollte, mit seiner Violine hinaufzukommen. Da der Geburtstag der Mademoiselle sei, wünschten die jungen Damen ein Tänzchen machen. Gern folgte er dieser schmeichelhaften Einladung. Die Mutter empfing ihn mit Entschuldigungen und artigen Worten über sein Spiel. Bei diesen hohen Erwartungen wurde ihm schon unheimlich zu Mute. Mehr noch, als er in vollem Lichterglanze, in dem Kreise der jungen, zierlichen Damen stand, die ihn über sein Spiel, welche Tänze er vorzutragen wisse, auszufragen anfingen. Zagend setzte er seine Geige an, und unter obligatem Gesichterschneiden begann er seine Tänze abzuspielen. Man fand die Manier des jungen Künstlers höchst eigentümlich ... Man wunderte sich, man kicherte, unwillig mußte man den eben begonnenen Tanz aufgeben; er endete mit der vollsten Verwirrung. Endlich dankte man Ludwig für seine Bemühungen und bat ihn, sie einzustellen. Voll Zorn über diese Demütigung, die ihn in einem so anmutigen Damenkreise treffen mußte, die Geige und seinen Meister verwünschend, zog er sich still und

ohne Geräusch zurück.« Schon Karl Förster schrieb in sein Tagebuch:[6] »In dem Laien schildert Tieck seine eignen musikalischen
Leiden bei Erlernung der Geige und gab dabei noch einige höchst
ergötzliche Kommentare zu jener Zeit.« Und auch wenn es nicht
ausdrücklich bezeugt wäre, daß der Dichter in dem Laien seine
eigne Person mit der für ihn charakteristischen Selbstironie abge-
zeichnet hat, so läßt er in der Erzählung oft so ganz die Maske fallen, daß man schon deshalb nicht daran zweifeln könnte. Dieser
»Laie« hat Gedichte über Musik geschrieben und in der päpstlichen
Kapelle den Klängen der italienischen Meister gelauscht, er spricht
von »unserm Freunde Wolff«, nennt Berlin seine Vaterstadt, ist mit
Reichardt, Fasch und Zelter persönlich bekannt, rühmt »unsern
hochgeehrten Maria Weber« etc. Um den Laien gruppiert sich nun
eine Anzahl Personen, die alle mit frischer Lebendigkeit und ge-
sundem Humor gezeichnet sind, wie der dilettantische Enthusiast
Kellermann, der, stets in Extase, sich nicht scheut, über nie gehörte
Kompositionen in aufgeschnappten Phrasen zu schwatzen, der
nervöse Graf Alten, der aus einem Konzert ins andre jagt und nie
befriedigt ist, schließlich aber durch eine wahre Liebe von seiner
leidenschaftlichen Überreizung geheilt wird, der von den Launen
der Sänger und des Publikums gequälte Kapellmeister und vor
allen der halbverrückte italienische Gesangsmeister mit seiner er-
götzlichen Radebrecherei der deutschen Sprache und seiner urko-
mischen Wut gegen die neue deutsche »Seelenmanier«, in welchem
das gemütlose Virtuosentum auf das heiterste persifliert wird. So ist
es nicht bloß der Reichtum an treffenden und geistvollen Bemerkungen über musikalische und nebenbei auch über dramatische
Kunst, nicht bloß der sprudelnde Witz und die würdige Tendenz
der Schöpfung, sondern auch hier in erster Linie die feine, konse-
quente Charakteristik der handelnden und redenden Personen,
welche die Dichtung so anziehend macht, wenn man auch zugeben
muß, daß die Handlung gegen Gespräche und Situationsbilder sehr
zurücktritt. Das Urteil eines Rezensenten in der »Allgemeinen Litte-
raturzeitung«, daß die »Musikalischen Leiden und Freuden« »viel
zu didaktisch« seien, »um echt poetisch zu sein«, wird man heutzu-
tage schwerlich mehr unterschreiben, vielmehr der Meinung eines
andern Kritikers in dem nämlichen Blatts beipflichten, der »die

---

[6] »Biographische und litterarische Skizzen aus dem Leben K. Försters« S. 285

Originalität der Erfindung, die Reife und Gediegenheit der darin ausgesprochenen künstlerischen Urteile, die Lebendigkeit der Darstellung, die Wärme des Kolorits und die sprachliche Vollendung« rühmt und zu dem Schlusse kommt, daß solche »geniale Schöpfungen« nichts gemein haben »mit jenen alltäglichen Erscheinungen der Almanachschulen, an denen man mit einemmal genug hat«.

Musikalische Leiden und Freuden

Zwei Freunde stiegen vor der Stadt vom Wagen, um zu Fuß durch die Gassen zu wandeln und den Fragen am Thor auszuweichen. Es war noch ganz früh am Morgen, und ein Herbstnebel verdeckte die Landschaft. Etwas entfernt vom Wege bemerkten sie ein kleines Häuschen, aus welchem schon früh vor Tage eine herrliche Frauenstimme erklang. Sie gingen näher, erstaunt über den unvergleichlichen Diskant wie über die ungewöhnliche Stunde. Einige Träger brachten Lauten und viele Notenbücher, die kleine Thüre öffnete sich, und neugierig gemacht, fragte der ältere Reisende einen von den Tagelöhnern: »Hier, mein Freund, wohnt wohl ein Musikus und eine Sängerin!« »Der Teufel und seine Großmutter wohnt hier!« erscholl eine krächzende Stimme von oben aus dem offenen Fenster, und zugleich fiel ein Lautenfutteral dem Fragenden auf den Kopf. In diesem Augenblick hörte der Gesang auf, und der Frager sah im Fenster ein kleines greises Männchen stehen, welches die zornigsten Gebärden machte, und dessen funkelnde schwarze Augen aus tausend Runzeln hervor grimmige Blicke herunter schossen. Der Reisende wußte nicht, ob er lachen oder schelten sollte, doch sprach ihm aus dem greisen Kopfe etwas so Wunderliches an, daß er in Verlegenheit den Hut zog und sich mit einer höflichen Verbeugung stumm entfernte.

»Was war das, Herr Kapellmeister?« sagte der jüngere Reisende, als sie das kleine Häuschen schon im Rücken hatten. »Ich weiß nicht«, erwiderte jener, »vielleicht ein wahnsinniger alter Mann, vielleicht gar dort in der Einsamkeit, in der Nähe des Tannenwäldchens, eine Spukgestalt.«

»Sie scherzen«, sagte der Sänger; »ich begreife jetzt selber nicht, Wie wir so gelassen sein konnten, dem Alten auf seine Grobheit nichts zu erwidern.«

»Lassen wir es gut sein«, sagte der Kapellmeister, indem sie schon die noch ruhige Straße der Residenz hinuntergingen, »in dem Ton der Sängerin war etwas so Wunderbares, daß es mich tief ergriffen hat; ich war wie im Traum, und darum konnte mir auch der alte Thor keinen Zorn abgewinnen.«

»Wieder die alte Schwärmerei und Güte!« rief der Sänger lachend aus; »denn erstens haben wir so gut wie nichts gehört, und zweitens war in dem Wenigen noch weniger Besonderes zu vernehmen, es war weder Methode noch Schule in dem traurigen Gesänge.«

Als sie jetzt um die Ecke nach dem Gasthofe zu bogen, hörten sie aus einem obern Stock ein Lied pfeifen; ein rundes, junges Gesicht guckte mit der Schlafmütze aus dem Fenster, und sowie er die Fußgänger gewahr wurde, schrie er:»Haltet, Freunde! einen Augenblick! Ich bin gleich unten! Gott im Himmel! das ist eine Erscheinung!« Er zog den Kopf so schnell zurück, daß er ihn heftig an das niedere Fenster stieß und die Bekleidung des Hauptes langsam schwebend zu den Füßen des Kapellmeisters niedersank.

»Wunderbar!« rief dieser, indem er die Zipfelmütze aufhob;»sagen diese sonderbaren Vorbedeutungen uns etwas Gutes oder Schlimmes voraus?«

»Es ist unser Enthusiast Kellermann«, erwiderte der Sänger,»hören Sie, er rasselt schon mit dem Hausschlüssel.«

In diesem Augenblick stürzte der Bewunderer im Schlafrock heraus und umarmte die beiden Künstler mit theatralischer Herzlichkeit; er wurde es nicht müde, jedem wieder von neuem an die Brust zu stürzen, ihn zu drücken und dann die Arme verwundernd in die Höhe zu strecken, bis der Sänger endlich sagte:»Laßt es nun gut sein, Hasenfuß![7] Ihr habt das Ding jetzt hinlänglich getrieben. Ein Glück, daß noch kein Mensch auf der Straße ist, sonst würden Eure Bockssprünge in dem safrangelben Schlafrock alle Gassenjungen aufregen.«

»Also ihr seid nun wirklich da, ihr goldenen Menschenkinder?« rief der Enthusiast aus;»was würde es mich kümmern, wenn der vollständige Magistrates an meinem Entzücken Ärgernis oder Teil nehmen wollte«? Habe ich doch seit drei Monaten nicht begreifen können, wozu diese Gasse eigentlich gebaut sei, noch weniger, warum sie so viele Fenster zum Auf- und Zuschieben habe, bis nun endlich ihre Bestimmung erfüllt ist; ihr kommt durch dieselbe hergegangen, und ich gucke da oben mit meiner verlornen Mütze her-

---

[7] Bei Tieck im Sinne von »Thor, Narr«.

aus, um euch im Namen der Nachwelt zu begrüßen. Also nun wird eure Oper doch gegeben werden, ausbündigster Mann?«

»Sind denn Sänger und Sängerinnen auch noch alle gesund?« fragte der lebhafte Kapellmeister.

»So, so«, erwiderte jener, »wie es die Laune mit sich bringt; genau genommen, existiert das Volk gar nicht, sondern lebt nur wie im Traum; die Zugabe, die an die Kehle mit Arm und Bein gewachsen ist, macht es oft schwer, sie nur zu ertragen, der unnatürliche Geschwulst aber oben, den sie Kopf titulieren, ist wie ein Dampfkolben, um in diesem Rezipienten[8] die unbegreiflichsten Verrücktheiten aufzunehmen. Insoweit sind sie alle gesund, als es ihnen bis jetzt so gefällt, ist aber die und jene Arie ihnen nicht recht, hat der eine zu viel, die andre zu wenig zu singen, geht die Arie aus *As moll*, wenn sie *Gis*[9] sein sollte, so fallen sie vielleicht binnen drei Tagen wie die Fliegen hin.«

»Zieht Euch an«, sagte der Sänger, »und kommt zu uns in den Gasthof hier drüben, so können wir mehr sprechen, auch sollt Ihr uns auf den Besuchen begleiten.«

Ohne Antwort sprang Kellermann in sein Haus, und die Reisenden begaben sich in das Hotel, wo sie ihren Wagen schon fanden.

---

[8] An der Luftpumpe die luftleere Glasglocke, welche die zu beobachtenden Gegenstände aufnimmt.

[9] Nur genetisch verschieden, dem Klange nach derselbe Ton.

Im Hause des Barons Fernow war am Abend große Gesellschaft versammelt. Der Ruf, daß der beliebte Kapellmeister und sein erster Tenorist endlich angekommen seien, hatte in die Wohnung des Musikfreundes alles getrieben, was sich für die neue Oper interessierte. Man hoffte, einige der vorzüglichsten Partien vortragen zu hören, und viele drängten sich hinzu, um wenigstens nachher in andern Gesellschaften darüber sprechen zu können.

In diesem Getümmel, welches der Hausherr, seine Frau und eine Tochter mit Klugheit beherrschten, schwamm der behende Enthusiast wie in einem Strome herum, um jedem von der Herrlichkeit der neuen Komposition begeisterte Worte, über die große Manier, die lieblichen Melodien und den vortrefflichen Ausdruck in das Ohr zu raunen, obgleich er selbst noch keine Note davon gehört hatte. Sein rundes, gerötetes Gesicht schob sich wie eine Kugel von einem zuhörenden Kopf zum andern, und die meisten Gesichter zogen jene nichtssagende Miene, die in Gesellschaften geistreiche Aufmerksamkeit bedeuten muß. Jetzt wurde ein Teil der Versammlung auf einen andern Gegenstand hingerichtet, denn in einfacher, höchst sauberer Kleidung trat ein junges Mädchen herein, Von so glänzender Schönheit, daß man ihren unbedeutenden Anzug über den edlen und ausdrucksvollen Kopf, über die vornehme Gebärde, den seinen Anstand gänzlich vergaß, und die Nahestehenden sie mit Ehrfurcht begrüßten. Die Tochter des Hauses eilte auf sie zu, indem sie ausrief: »O, meine teuerste Julie! Wie glücklich machen Sie mich, daß Sie meinen Bitten doch noch nachgegeben haben! Aber Ihr Vater?« »Sie Wissen ja«, erwiderte die Schöne, »wie menschenscheu er ist, wie wenig er mit seiner Melancholie und Kränklichkeit in die Gesellschaft paßt; und ich gestehe, ich würde auch nicht gekommen sein, wenn ich einen so großen Zirkel hätte vermuten können.« Die Umgebung sprach über die außerordentliche Schönheit dieses Wesens, und man erfuhr, daß sie die Tochter eines armen Musikers sei, die aus einer entfernten Stadt dem Fräulein des Hauses einen Brief einer Freundin überbracht hatte. Immer noch hatte der Kapellmeister mit seinen Sängern keines der Stücke vorgetragen, weil der Wirt noch einen jungen Grafen erwartete, der einer der größten Enthusiasten für Musik sein sollte. »Denken Sie sich«, fügte der Baron zum Kapellmeister, »den sonderbarsten, unruhigsten aller Menschen, nichts interessiert ihn als Musik, er läuft von einem Konzert ins

andre, er reist von einer Stadt zur andern, um Sänger und Kompositionen zu hören, er vermeidet allen andern Umgang, er spricht und
denkt nur über diese Kunst, und selten ist er doch ruhig genug, ein
Musikstück ganz und mit völliger Aufmerksamkeit anzuhören,
denn er ist ebenso zerstreut als überspannt. Dazu scheint er den
eigensinnigsten und eingeschränktesten Geschmack zu haben, so
daß ihm selten ein Kunstwerk zusagt, ebensowenig ist er mit dem
Vortrag zufrieden, und dennoch bleibt er Enthusiast. Er ist von
großer Familie und reich, war eine Zeitlang in diplomatischen Geschäften an einem angesehenen Hofe, hat aber alles der Musik wegen, die er doch oft nach seinen Reden zu verabscheuen scheint,
aufgegeben.«

Die nahem Freunde des Barons waren nach dieser Schilderung
sehr begierig, einen Mann zu sehen, der wie von bösen und guten
Geistern geplagt und verfolgt wurde. Als daher Graf Alten eintrat,
sahen ihm alle mit großer Neugier entgegen. Er begrüßte die Gesellschaft hastig, und sein dunkles Auge durchlief sie eilig; dann senkte
er den Blick und setzte sein Gespräch mit einem alten, hagern und
eingeschrumpften Italiener fort, welcher mit ihm gekommen war.
Doch plötzlich brach er ab und rief halb vernehmlich: »Himmel!
was ist das?« Er stand unmittelbar hinter Julien. Jetzt sang der Tenorist eine Arie der neuen Oper, und alles schien begeistert, der
Graf war in tiefen Gedanken. »Nun, Eccellenza«, fragte der Italiener
am Schlusse, »sein Sie kontentiert?« »Ich habe keinen Ton gehört«,
antwortete der Graf, indem er den Kopf erhob und die schwarzen
Locken aus der denkenden, melancholischen Stirne strich.

Er benutzte die Pause, in welcher sich alles lobend und bewun-
dernd um den Kapellmeister drängte, vorzutreten und sich neben
Julien zu setzen. Er wollte sie anreden, aber indem sie höflich das
Antlitz zu ihm wandte, fuhr er wie erschreckt zurück. »Nein, wahrlich, dergleichen hatte ich nicht erwartet!« sagte er für sich. Das
junge Mädchen war erstaunt und verlegen. »Verzeihen Sie«, redete
der Graf sie heiterer an, »Sie werden mich sonderbar finden; als ich
vorher hinter Ihnen stand, mußte ich glauben, eine ehemalige Bekanntschaft zu erneuen, und jetzt bin ich von Ihrer mehr als wun-
derbaren Schönheit so geblendet worden, daß ich Zeit haben muß,
um mich zu fassen. Die wahre, echte Schönheit kann wohl erschre-

cken, denn etwas Übermenschliches kündigt sich unsern Sinnen und dem Gemüte an. Himmel! wie müssen Sie singen!«

»Ich singe gar nicht, Herr Graf, und habe weder Stimme noch Kenntnis der Musik«, erwiderte sie mit angenehmem Ton.

Der Graf sah sie prüfend an, schüttelte dann zweifelnd den Kopf und murrete unverständliche Worte verdrossen vor sich hin. Jetzt wurde ein Duett vorgetragen, und alles war aufmerksam, nur der Graf betrachtete unverwandt seine Nachbarin. Das Duett war schwierig, und die erste Sängerin äußerte ihren Verdruß, der Kapellmeister wurde empfindlich, wies zurecht, half nach, alles vergebens; man mußte abbrechen, indem die Virtuosin behauptete, die Passage müsse geändert werden, weil sie ihrer Stimme ganz entgegen sei; der Komponist meinte, er dürfe Ausdruck und Kraft nicht dem Eigenwillen aufopfern, denn die vortreffliche Künstlerin könne dies und noch schwierigere Sachen leisten, wenn sie sich nur bemühen wolle. Darüber aber wurde der Gesang völlig unterbrochen, und indem der Kapellmeister ein anderes Musikstück anordnen wollte, sagte der Graf zu Julien: »Ich wette, Sie können diese schwierige Stelle ohne Anstoß vom Blatte singen, wenn Sie nur wollen.« Als Julie zu leugnen fortfuhr, sagte jener: »Ihre Röte, Ihr Auge widerspricht! Wie? dieser gewölbte Mund sollte in der Mitte der Lippen diese sanfte, seelenvolle Erhöhung von selbst haben, und nicht von den reinen vollen Tönen, die so oft über diesen Hügel schwebten? Denn nur der Ton, wenn er stark und lieblich die rote Straße befährt, darüber klingend weht, bildet diese ausdrucksvolle Erhebung; ganz im Gegensatz jener gefurchten Mundwinkel, die jene berühmte Sängerin dort hat, die mit breitgedrückten und in die Länge gequetschten Lippen den armen kreischenden Ton hervorpreßt. Sie versündigen sich, meine Schöne, daß Sie Ihr großes Talent verleugnen wollen.«

»Sie sind zu scharfsichtig«, erwiderte Julie; »um so trauriger, daß Sie dennoch irren.«

»Sie sprechen auch ganz wie eine Sängerin«, fuhr jener fort, »es ist ein lieblicher, aber unterdrückter Ton in der Rede, der seine Fittiche nicht auszufalten wagt. Wenn Sie doch nur wenigstens einen einzigen Ton anschlagen wollten! das Glück meines Lebens hängt davon ab, daß Sie singen können.«

»Sie quälen mich, Herr Graf«, antwortete die Verlegene empfindlich; »ich versichere Sie auf das teuerste, ich werde nicht singen, weil mir diese herrliche Gabe von der Natur versagt wurde.«

»Gnaden«, sagte der braune kleine Italiener, »sollen alles zu Virtuosen haben: kann aber nicht alles singen, was hübsch und feinen Mund hat. Konträr! haben oft göttliche Primadonna vor pur himmlisch Gesang und forciert Schreien eine Schnauz wie Signor Cerberus, der die Talent hat, dreistimmige Sach solo durchzuführen.«[10]

Der frohe leichte Geist der Musiker war gestört, der Kapellmeister verstimmt und die erste Sängerin mehr als verdrießlich. Der Enthusiast war in der Klemme, weil er es mit keinem verderben und doch keinen stummen, gleichgültigen Zuschauer abgeben wollte. Da man sah, daß für diesen Abend nichts Bedeutendes mehr geschehen würde, so entfernten sich nach und nach die Fremden, auch die Musiker gingen, und nur der Kapellmeister blieb, dem sich der Enthusiast, ohne eine nähere Einladung abzuwarten, anschloß; der gedankenvolle Graf und sein Italiener verweilten ebenfalls, um mit der Familie des Barons beim Glase Wein und einem leichten Abendessen sich zu erheitern.

»So ist es nun wieder wie fast immer ergangen«, fing der Kapellmeister an, als sie um den runden Tisch saßen; »man arbeitet sich ab, man studiert, man quält und endlich freut man sich auch, wenn das Werk vollendet ist und gelungen scheint, und dann muß es diesen elenden, verdorbenen Handwerkern übergeben werden, die nichts gelernt haben und mit dem Wenigen, was sie wissen, noch wie mit Wunderwerken hinter dem Berge halten wollen. Kann es einen traurigern Beruf als den eines musikalischen Komponisten geben? Denn endlich nun, wenn auch dieser Jammer durch Bitten, Droben, Scherzen, Vergötterung, Lüge und Falschheit, durch kleine Änderungen, Zusätze und Wegnahme überwunden ist, wird das gemarterte Werk der Laune des Publikums und dem blinden Zufall, seinem allmächtigen Beherrscher, übergeben. Nun muß es aber weder zu heiß, noch zu kalt, das Haus muß weder zu voll, noch zu leer sein, keine große politische Neuigkeit darf sich eben haben hören, ja keine Seiltänzer und Springer anmelden lassen, um das so

---

[10] Bekanntlich hatte der Höllenhund Cerberus drei Köpfe.

notwendige Klatschen und mit diesem armen Beifall einigen Enthusiasmus zu erregen. Und doch kann man es nicht lassen, sich wieder in der Vorstellung zu erhitzen, um eine neue undankbare Arbeit zu beginnen.«

»Wo ist die Dame geblieben?« fuhr der Graf plötzlich auf.

»Neben der Sie lange saßen?« fragte die Tochter. »Diese ist längst fort und von einer Magd abgeholt worden, denn sie wohnt entlegen, in einer fernen, unbekannten Gasse.«

»Die sollte Ihre treffliche Arbeit singen«, sagte der Graf, »da würden wir etwas anders hören.«

»Sie irren«, berichtigte die Tochter, »ich weiß, daß das junge Frauenzimmer durchaus nicht musikalisch ist. Sie ist aber sonst in weiblichen Arbeiten sehr geschickt, auch hat ihr Vater, ein alter, verarmter Musikus, sie etwas zeichnen lernen lassen.«

»O du alter Sünder!« rief der junge Graf im höchsten Verdruß, »und keinen Gesang diesen Lippen, keinen Ton diesem schwellenden Munde! Ist es nicht, als wenn man der Rose den Duft rauben wollte, den die Natur ihr gleich im Erblühen mitgegeben hat?«

Die Tochter War etwas empfindlich, denn sie glaubte auch eine Sängerin zu sein, da aber der Kapellmeister in seiner Klage fortfuhr, so blieb ihre gespitzte Antwort unbeantwortet. »Abgesehn aber«, fuhr der Kapellmeister fort, »von diesen armseligen Zufälligkeiten, so verkündigen sich auch erst am Kunstwerke selbst bei der öffentlichen Darstellung Mängel, welche sich der Komponist vorher auf seinem Zimmer nicht hat träumen lassen. Denn mögen wir ein Werk noch so oft durchsingen, genau kennen, von allen Seiten prüfen, das Urteil aller Freunde und Kenner vernehmen, so bleibt manches, und oft das Beste, zurück, und das Schlimmste zeigt sich bei der Aufführung erst. Und überhaupt die Bestimmung des Künstlers! Ist sie nicht eine traurige? Ich sehe mich zu keinem neuen Werke nieder, ohne innig überzeugt zu sein, daß ich nun etwas ganz und durchaus Treffliches, Vollendetes erschaffen werde, das meine großen Vorgänger erreicht und sie selbst hie und da übertreffen möchte. Diese himmlische Ruhe und Sicherheit verschwindet aber bald während der Arbeit; mein Entzücken an meiner Hervorbringung wechselt mit den bittersten Zweifeln. Dann fühl' ich oft recht innig, daß ganz, ganz nahe an dem, was ich schreibe, das Wahre und Himmlische liegt, daß meine Noten anklopfen und den Wandnachbar, den unbekannten, begrüßen: mir ist, ich dürfte nur den Kopf so oder so wenden, so müßte mir der Genius sichtbarlich entgegentreten und immer, immer wieder erscheint er nicht! Mein Geist quält sich, um außen, weitab, die Bahn anzutreffen und so im Jammer, im Resignieren, arbeite ich weiter. Es gemutet mir[11] wie der Affe mit seiner traurigen Unruhe und dem fatalen Gesichterschneiden: vielleicht hat er jeden Moment dunkler oder deutlicher eine Ahndung von der Vernunft, will sie nun, die nah' Erreichbare, und nun wieder haschen und sich dann besinnen und findet sich immer wieder in seinem widerwärtigen Zustand eingeriegelt.«

Jetzt trat noch ein Mann reifen Alters zur Gesellschaft, ein Gelehrter und Hausfreund des Barons, der sich fast täglich einfand, aber gern die größeren Versammlungen vermied. »Sie haben wieder«, redete ihn der Wirt an, »unser Konzert, wie Sie es gewöhnlich machen, nicht mit anhören wollen.« »Ich bin zu sehr Laie«, erwiderte der Freund, »und darum mag ich mich nicht unter die Kenner drängen; soll der Unmusikalische den Gebildeten durch seine trockne Gegenwart ihren Genuß verkümmern?«

»Wir kennen diesen Schalk schon«, rief ihm der Kapellmeister zu, indem er den alten Bekannten begrüßte. »Sie haben recht gethan, denn unsre Sängerinnen haben wieder den alten Spuk getrieben, schlecht gesungen, sich zu vornehm gedünkt, die Musik kritisiert und endlich damit beschlossen, alle Musik in Verstimmung und Eigensinn zu beerdigen.«

»Sie sind also wirklich unmusikalisch?« fragte der Enthusiast; »und Sie machen auch kein Hehl daraus?«

»Warum sollte ich es?« antwortete der Laie; »kein Mensch kann alle Talente in sich vereinigen oder alle seine schlummernden Anlagen erwecken und ausbilden.«

»Viel Charakter, es so dreist zu bekennen«, erwiderte der junge Mann, der durch vieles Schwatzen während der Musik und den hastigen Genuß des starken Weines in eine Laune erhitzt geraten war, deren Sonderbarkeit er selber nicht zu bemerken schien. »Sehn

---

[11] Es mutet mich an, kommt mir vor.

Sie«, fuhr er fort, »daraus ist schon viel Unheil für mich entstanden, daß ich mich zu solchem Mute nicht habe entschließen können Ich war anfangs (und wie es schien, von Natur so geschaffen) gar kein Musikfreund, ich hatte kein Ohr, ich konnte keine Melodie behalten; darum vermied ich auch Konzerte und Opern, und in Gesellschaften, wenn Lieder gesungen, wenn Kantaten aufgeführt wurden, sprach ich entweder oder suchte eines Buches habhaft zu werden. Denn gewiß, nichts verschließt unser Ohr so sicher vor all den herein und durcheinander fahrenden Tönen, als ein tüchtiges und vorhaltendes Gespräch über Stadtneuigkeiten oder einige interessante Verleumdungen, ›Sehe man nur den Stock!‹ ertönte es nun von allen Seiten, ›hat die dicke Figur wohl ein menschliche Seele in seinen weitläufigen Fleischanlagen sitzen? Von der Musik, der göttlichsten aller Künste, nichts zu verstehn! Ist wohl ein Block, ein Stein, der nicht gewissermaßen von der himmlischen Harmonie gerührt werden müßte?‹ Nun gefiel nur dazumal auf mehr als gewöhnliche Weise ein gewisses Frauenzimmer: diese pflegte, sowie gesungen wurde, vor übermäßiger Empfindung herzlich zu weinen. Dieser nun war ich mit meinem kalten Herzen gradezu ein Abscheu. ›Wie?‹ sagte sie, ›lieben wollen Sie, der Sie nicht einmal eine Ahndung jener Wonne haben, die aus dem Himmel stammt und mit der Liebe so nah' verwandt ist?‹ Da, Freunde, faßte ich nun den großen Entschluß, umzusatteln und von der Musik gehörig begeistert zu werden. Alle meine Freunde und Bekannten erstaunten, als ihnen meine neugeprägt? blanke Entzückung in die Augen strahlte. Da war nun auch gar kein Halten mehr, ich übertraf alles in der Begeisterung, was ich nur je in den Gesellschaften hatte beobachten können; alles zappelte an mir vor Freude, sowie nur das Klavier angeschlagen wurde, die Beine trommelten, die Arme schlenkerten, die Augen wackelten, ja, ich nahm die Zunge zu Hülfe und leckte mir zuweilen die vor Erstaunen weitgeöffneten Lippen. Dann mußten die Hände klatschen, die Augen, wenn es irgend möglich zu machen war, weinen, die ausgestreckten Arme Bekannt und Unbekannt an dies stürmische Herz schließen, das mit mächtigen Schlägen im wildesten Enthusiasmus klopfte. Ja, wenn ich nachher in mein einsames Zimmer trat, war ich so müde und matt, so mürbe und zerschlagen, daß ich zuweilen Kunst und Künstler, Liebe und Harmonie sowie alle die bezaubernden Gefühle zum Satan wünschte.«

»Aber empfanden Sie nun wirklich recht viel«?« fragte der Laie lachend.

»Das ist eine bedenkliche Frage«, erwiderte der Enthusiast; »was der Mensch so stürmisch will, davon muß wohl etwas auch wirklich in sein Wesen übergehn; es wäre unbegreiflich, wenn durch das vorsätzliche Nachspielen nicht hie und da ein Gefühl in unsrer Brust widerklingen sollte. Aber um doch ganz aufrichtig zu sein, so war mir bei all diesem Bewundrungsbemühen oft unerträglich nüchtern zu Mute, so recht, was der Haufe langweilig nennt, und wenn ich nicht so stark mit Händen und Füßen gearbeitet hätte, so wäre mir wohl oft ein herzliches Gähnen angekommen. Das Schlimmste aber ist, ich habe doch nichts dabei gewonnen; denn meine boshaften Freunde meinten, ich hätte den Ansatz zu hoch genommen und sei von der andern Seite vom Pferde wieder hinuntergefallen. Sei ich erst wie ein verstocktes dumpfes Tier gewesen, so erscheine ich jetzt wie ein verwilderter Hasenfuß, mein Enthusiasmus träte als ein verzerrender Krampf auf, man müsse fast glauben, mein Arzt habe mir diese übertriebene Motion nur empfohlen, um sie gegen mein Fettwerden zu gebrauchen. Ach! und die Musiker! Von denen habe ich das meiste gelitten. Vor acht Monaten war es, als hier im Saal die beiden berühmten Kompositeurs ihre Sachen aufführten. Wie der erste geendigt hatte, konnte ich ihm richtig mit fließenden Thränen an seinen Hals fallen, und der Mann klopfte mir selber, über mein Entzücken gerührt, mit aller Freundschaft auf den Rücken, wir drückten uns recht herzlich zusammen, und er sagte ganz laut, er habe noch keinen so gründlichen Kenner in allen Reichen der musikalischen Welt angetroffen. Nun brannte der andere Mann aber auch sein Kunststück los. Thränen hatte ich nicht mehr, es meldete sich aber ein großartiges Schluchzen, was noch höher lag als die Thräne   und ein ganz stummer Druck, ein Vergehen, Aufgelöstsein, fast sterbend in die Arme des zweiten Hinfallen, ja ein reelles Abstehn[12] mußte diesen großen Meister belohnen. Der grobe Schelm ließ mich aber geradezu auf das Parkett hinschlagen, ohne mir seine dankbare Brust unterzustemmen, und sagte, wie ich in der Kunstohnmacht lag, höhnisch zu mir: ›Bleiben Sie in des Himmels Namen liegen, denn wer über die Stümperei jenes Menschen

---

[12] Hinsterben.

dort weinen kann, verdient gar nicht, einen Ton von mir mit seinen Ohren aufzufassen.‹ So erhob ich mich, um Trost bei meinem großen Freunde zu suchen, dessen allergrößter Kenner ich war. Er sprang aber auch vor meinem Ausruf weg, so daß ich mit der Nase fast an die Wand stieß, unter dem nichtigen Vorwande, daß, wer so wenig echtes Gefühl besitze, daß er das Armselige wie das Edle so übermäßig bewundern könne, für die Kunst ein mißgeschaffenes Ungeheuer sei. Wie ich nun bei meiner Geliebten Hülfe suchen wollte, war sie ebenfalls gegen mich empört, denn ich hatte bei ganz unrechten Stellen geweint und da am lebhaftesten empfunden, wo grade die wenigste Empfindung hingehörte. O Teuerste, Verehrteste, möchte man nicht fast veranlaßt sein, den Schwur zu thun, daß man bei Arioso und Cavatine, Finale und Ouvertüre, Adagio und Presto nur mit ruhig gekretschten Beinen dasitzen und höchstens zuweilen den Takt schlagen wolle; denn wenn all dies Hämmern und Puffen, dies Abarbeiten unsers irdischen entzückten Herzens, diese weissagende rinnende Thräne, die den Widerschein der Unsichtbarkeit abspiegelt, wenn alles dies nichts fruchtet, sag' ich noch einmal, und statt paradiesischer Sympathie nur die infernalische Antipathie erregt, so wünschte man ja lieber Balgentreter[13] oder Schmiedegesell als echter Enthusiast zu werden. Darum wundert euch nicht, wenn ich der undankbaren Kunst wieder einmal den Rücken wende.«

Als man über diese Geständnisse lachte, sagte der Laie im frohen Mut: »In meinem Leben gehören die Leiden der Musik auch zu den empfindlichsten. Nicht der zu starke Enthusiasmus hat mir geschadet, wohl aber sind meine Kinder- und frühen Jugendjahre mir durch Musik verbittert worden. Lächerlichkeiten, an die ich noch jetzt mit einigem Schrecken denken muß.«

»Sprechen Sie, alter Freund«, rief der Kapellmeister, »habe ich doch auch schon erst mein Leiden geklagt, was Sie freilich nicht mit angehört haben.«

»Ich mochte zwölf Jahre alt sein«, fing der Laie an, »es ging mir gut, in der Schule rückte ich schnell hinauf, meine Lehrer sowie meine Eltern waren mit mir zufrieden, als ein böser Geist, dieser

---

[13] Bälgetreter bei der Orgel.

Behaglichkeit und Harmonie zürnend, sein Unkraut unter den aufwachsenden Weizen säete. Mein Vater, ein strenger aber heiterer Mann, ließ mir frei, meine Bestimmung zu wählen er war ein Freund der Musik, aber ohne alles Talent. An einem Nachmittag fragt er mich, ob ich vielleicht Lust hätte, ein Instrument zu spielen. Mir war der Gedanke noch niemals gekommen; ich solle es mir überlegen, er verlange es nicht, aber wenn ich mich entschließe, müsse ich auch Ernst machen. Daraus kannte ich ihn, ich wußte, daß er sich nicht wundern würde, im Fall ich keine Musik triebe, aber einmal angefangen, durfte ich die Sache niemals wieder fallen lassen. Mir war, weil mein Ohr noch schlief, bis dahin alle Musik höchst gleichgültig und langweilig vorgekommen. Die Opern haßte ich geradezu, weil bei den Arien und Duetten, von denen ich nichts vernahm, die Handlung, die mich einzig interessierte, stehen blieb. Nie war in unserm Hausbedarf von Musik etwas vorgekommen, außer in den Stunden bei dem Tanzmeister, zu dessen vorzüglichsten Scholaren ich gehörte, der es mir aber nie hatte deutlich machen können, daß die Musik seiner Geige mit zum Tanz gehöre. Traf ich daher gleich anfangs den Takt, so tanzte ich meine Menuett, Kosak,[14] oder was es war, trefflich hindurch. Fehlte es mir aber, so half kein Aufkratzen, Anhalten, Beschleunigen, mich wieder in den verlornen Takt zu werfen. Ich hielt es auch geradezu für Aberglauben, daß man herkömmlich zum Tanzen aufspiele. Konnte mich schon hier die Musik ängstigen, so brachte sie mich in der Kirche, die mir schon nicht erfreulich war, fast zur Verzweiflung. Meine Nerven waren schwach, und die losbrausende Orgel mit ihren schmetternden Tremulanten[15] verwirrte mein Gehirn, und unerträglich fiel mir der unisone kreischende Gesang der Gemeine. Mit beiden habe ich mich auch noch nicht vertragen lernen: die Orgel, sei sie eine erhabene Erfindung, erschreckt und ängstigt mich in der Nähe, und dieser Choralgesang, der sich so demütig, wie gefesselte, reuige Verbrecher, auf dem Boden hinschleppt, nimmt mir, so oft ich ihn auch gut vorgetragen höre, allen Mut, alle Poesie und Musik erlischt bis auf das letzte Fünkchen in meinem Gemüt, und ein nüchterner Lebensüberdruß bemächtigt sich meines Geistes.«

---

[14] Altmodischer Tanz von sehr gemäßigtem Tempo.
[15] Bewegliche Klappen, die vermittelst eines Registerzuges den Ton vibrieren lassen.

Darüber ließe sich viel sagen, meinte der Kapellmeister, doch komme auch wohl eine seltne Eigentümlichkeit des Laien hinzu.

»So fern«, begann dieser wieder, »war ich aller Musik, und keine Spur eines Talents hatte sich gezeigt, als der böse Geist es mir in den Kopf setzte, in mir sei vielleicht ein großer Violinspieler verborgen. Die Geige wurde angeschafft, ein Lehrer angenommen. Es hatten sich aber nun der seltsamste Scholar und der wunderlichste Meister zusammengefunden, denn dieser unterrichtete mich eigentlich so, als wenn ich schon seit Jahren ein nicht unwissender Violinspieler gewesen wäre. In der ersten Stunde ließ er mich nur die Geige anstreichen, was mir bei meinen zarten Nerven keine Freude verursachte. Zur folgenden hatte er mir schon ein Buch gemacht und einige leichte Lieder hineingeschrieben. ›Dies Stück‹, sagte er, ›geht aus *D dur*‹; es war: ›Blühe, liebes Veilchen.‹[16] Ich bekümmerte mich nicht weiter darum, was die beiden Kreuze oder *D dur* zu bedeuten hatten, ob es eine oder mehrere Tonarten gäbe, was die Taktabteilung oder die Striche an den Noten bedeuteten, sondern wir spielten nun wohlgemut das Lied durch und ich ihm nach, Fingersetzung und alles aus dem Gedächtnis. So ging es beim zweiten und dritten Liede, welches aus *C dur* ging. Ich sah wohl, daß nun die Kreuze fehlten, und er nannte jedesmal die Tonart, wenn ich falsch griff, fand es aber gar nicht notwendig, weitere Erklärung hierüber oder über die Dauer der Noten hinzuzufügen. Es klingt märchenhaft, aber ebenso wahr ist es, daß ich in dieser Manier sechs bis sieben Jahr die Geige gestrichen habe, ohne daß der Trieb in mir erwachte, der Sache näher auf den Grund zu kommen, oder daß er es notwendig geachtet hätte, unsrer praktischen Kunst einige Theorie anzuhängen. Übrigens kann man sich vorstellen, wie es lautete. Da ich Länge und Kürze der Töne, ihre Abweichung in Moll und alles, was die Musik ausmacht, ohne jedes Verständnis, nur aus dem Gedächtnis spielte (denn ich kannte nur die Note an sich selbst, so wie sie auf der Linie stand, und nichts weiter), da ich überdies gar kein Gehör hatte, den Bogen schlecht führte und in der Fingersetzung häufig irrte, so begreift sich's, was ich für ein Chari-

---

[16] »Der Knabe an ein Veilchen«, Gedicht (1778) von Christian Adolf Overbeck (1755 1821), früher sehr volkstümlich durch die Komposition von Johann Abraham Peter Schulz (1747 1800).

vari[17] hervorbrachte. Mein Meister, der wirklich geschickt im Spiel war, klagte in jeder Stunde über seine Ohren. Ich selbst litt, so oft ich die Violine unters Kinn nahm, wahre Höllenpein. Dies Schnarren, Pfeifen, Mauzen und Girren war mir unerträglich; selbst der beste Geiger hat, wenn man ihn zu nahe hört, einen Nebenton, die stark angestrichene Saite, besonders in der Applikatur,[18] überschreit sich zuweilen, aber bei mir thaten sich fast nur die abscheulichsten Mißtöne hervor. Da meine Nerven so stark affiziert wurden, so zeigte sich mein Widerwille gegen das Geheul und Schnarzen,[19] welches meine Finger so dicht vor meiner Nase erregten, auch deutlich in meinen Gesichtsmuskeln, der Mund und die Wangen begleiteten mit widerlichen Verzerrungen die hohen und tiefen Töne, die Augen klemmten sich zu und rissen sich auf, und ich fühlte deutlich, daß manche neue Falten und Lineamente sich formierten, die ursprünglich nicht für ein gewöhnliches Menschengesicht berechnet waren. Mein tiefsinniger Meister schüttelte oft sein Haupt und meinte, so wenig Talent als ich habe keiner seiner Scholaren. Mir begegneten aber auch in der That mehr Unglücksfälle, als ich sonst bei ausübenden Künstlern wahrgenommen hatte. Kamen wir so recht in Eifer und lieferten, nachdem ich schon länger studiert hatte, die raschen, mutigen Passagen, so rutschte im Allegro mein Bogen über den Steg,[20] und im Entsetzen ließ mein Lehrer die Geige sinken, denn welcher Ton alsdann im heftigen Streichen aufquiekt, weiß nur der, dem dieses Abenteuer begegnet ist. Mehr wie einmal fiel der Steg selber um, wie aus Mitgefühl, und ein heftiger Knall endigte mit Macht ein schmachtendes *Largo* mitten in der Note. Einmal sogar, und ich dachte, der Tod ergriffe mich, brach der Knopf ab, der unten das Saitenbrett[21] festhält, und sprang unbarmherzig gegen meine Nase. Für diese Stunde war denn unsre Harmonie zu Ende, und das Instrument mußte erst wiederhergestellt werden. Nach einem Zeitraum war denn auch mein Vater so

---

[17] Durcheinander, Katzenmusik.

[18] Es sind die höchsten Tonlagen gemeint.

[19] Schnarren.

[20] Saitenhalter.

[21] In ihm endigen die über Griffbrett und Steg gespannten Saiten. Durch einen starken Darm wird es an einem auf der schmalen Rückwand der Geige angebrachten Holzknopf festgehalten.

neugierig, zu hören, wie ich mich appliziere.[22] Ich trug ihm einige der Lieder vor, die ich am besten innezuhaben glaubte. Er erschrak über das, was er hörte, und erstaunte noch mehr über das, was er sah. Er meinte nämlich, in der Kunst, Gesichter zu schneiden, sei ich unbegreiflich weit vorgeschritten, und meine Musik könne doch von Nutzen sein, Ratten und Mäuse zu vertreiben; er warnte mich nur zum Beschluß, den Ausdruck meiner musikalischen Physiognomie doch etwas zu beschränken, weil ich außerdem auf dem graden Wege zum Affen sei. Das war mein Lohn dafür, daß ich das damals populäre rührende Lied: ›Hier schlummern meine Kinder sc.‹[23] ihm nicht ganz ohne Glück vorgetragen hatte, denn dies war gradezu meine Lieblings-Arie, in der ich firm zu sein glaubte, die auch in den Mitteltönen mit melancholischer Gesetztheit verweilte und nicht in den Diskant oder gar in die Applikatur hinaufstieg, die ich ein für allemal verabscheute.«

»Hatten Sie denn aber gar keinen Ersatz für diese mannigfaltigen Leiden?« fragte der Kapellmeister launig.

»Wenig«, erwiderte der Laie; »als mein Lehrer es nötig fand, wegen des Ausdrucks für mich einen Sordin[24] zu kaufen, den ich mit Freuden aufsteckte, weil es doch einmal einen andern Ton gab, die Dämpfung auch wie ein spanischer Reiter[25] es dem reißenden Bogen unmöglich machte, wieder jenseit dem Steg zu springen. Auch machte es mir innige Freude, als wir erst weiter vorgerückt waren, in den Ouvertüren die Vierundsechzigstel als eine und dieselbe Note dreißigmal abzuspielen, welche meistenteils gegen Ende des Stücks, kurz vor dem Aufzug der Gardine, vorkommen. Diese wiederholte ich gern in der Einsamkeit, weil in diesen Passagen keine große Schwierigkeit ist, mir auch der so oft wiederholte Ton die Empfindung gab, als wenn ich in meinem geliebten Theater säße.«

---

[22] Anlasse.

[23] Gedichtet von Gottlob Wilhelm Burmann (1737 1805), komponiert von Otto Karl Erdmann Freiherr von Kospoth (gestorben 1817), beide in Berlin. Ersteren scheint Tieck persönlich gekannt zu haben.

[24] Sordino, Dämpfer; ein Holzkämmchen, das auf den Steg geklemmt wird, um die Resonanz zu schwächen.

[25] Starker wagerechter Balken mit senkrechten, zugespitzten Latten, früher verwendet zur Absperrung von Festungsthoren und -brücken.

»Aber damals«, fragte der Kapellmeister, »hatten Sie doch wohl einige klare Begriffe von der Musik?«

»So wenige«, antwortete der Laie, »wie in der allerersten Stunde; Takt, Vorzeichnung, Tonart, nichts von alledem begriff ich, sondern spielte Sonaten und Symphonien so pur aus dem Gedächtnis hin, wie ich es von meinem Lehrer hörte! Auch vernahm ich keine Melodie, keinen musikalischen Gedanken; hie und da führten mir wohl ein paar Takte eine Art von Verständnis herbei, das ich aber nie weiter verfolgen konnte. So fern war ich allem Begreifen, daß ich mir einmal einbildete, weil *g, h, a* und *b* vorkommen, daß das ganze Alphabet wohl in den Noten enthalten sei, und daß man bei der Komposition eines Liedes nichts zu thun habe, als die Noten zu nehmen, die die Buchstaben eines Wortes bezeichneten, und sie dann schneller oder langsamer abzuspielen. Wie ich nun meinen Lehrer fragte, wo denn das *m, r* oder *p* stecke, wurde ich zwar von diesem sehr verlacht, aber doch nicht besser belehrt, denn er erstaunte nur immer von neuem über meine ungeheure Einfalt, daß ich das alles nicht wisse, was sich doch von selbst verstehe. Eben da mir alle Musik nur wie ein Charivari vorkam, so ließ ich mir beigehn, auch selbst einmal zu komponieren. Der Takt schien mir gleich ein Vorurteil, eine Tonart brauchte ich noch weniger, und nie werde ich die Freude vergessen, die ich meinem Meister machte, als ich meine wild zusammengewürfelten Noten ihm als meinen ersten dichtenden Versuch überbrachte. Er wollte sich ausschütten vor Lachen und konnte nicht müde werden, sich unter Lust und Freude meine Phantasie vorzuspielen. Mir klang sie wie jede andere Musik.«

Der braune alte Italiener erfreute sich sehr über diese Erzählung, und selbst der finstere Graf lächelte. »Es ist unbegreiflich«, sagte der Baron, »daß Sie so lange ausgehalten haben.« »Ich mußte wohl«, erwiderte der Erzähler, »meines strengen Vaters wegen, da ich das Ungetüm einmal begonnen hatte. Sonst bekümmerte er sich nicht weiter um meine Kunst, weil er einigemal, da ich ihm Sonntags nachmittags einen Zeitvertreib machen sollte, von meinem Spiel, wie er behauptete, Zahnschmerzen bekommen hatte. Einmal widerfuhr mir als ausübenden Künstler eine ausgezeichnete Demütigung. Die Besitzerin des Hauses, in welchem wir wohnten, hatte zum Geburtstage ihrer erwachsenen Tochter eine große Anzahl hübscher

Mädchen gebeten. Um das Fest unerwartet fröhlich zu machen, hatte die gute Dame mit meiner Mutter die Abrede getroffen, ich sollte heimlich mit meiner Geige hinaufkommen, im Nebenzimmer plötzlich stimmen und den überraschten schönen Kindern dann einige englische Tänze aufspielen, damit sie einmal im Saale recht wohlgemut herumspringen könnten. Ich wurde in das Nebenzimmer mit allem Geheimnis geführt: ich sah durch den Vorhang in die allerliebste Versammlung hinein aber nun die Geige *stimmen*! Wie gemein! Ich hatte es auch in meinem Leben nie versucht, weil mein Meister das besorgte, ich hörte auch niemals einen Unterschied, wenn sie nach seiner Meinung im stande war, und wenn sie nicht jetzt schon richtig stimmte, so konnte ich auf jeden Fall nur das Übel ärger machen. Es schien mir edler sowohl wie vorsichtiger, mit meiner Lieblings-Arie mich anzukündigen, und so ließ ich dann plötzlich das: ›Hier schlummern meine Kinder‹ anmutig ertönen. Die Freude dieser Nicht-Schlummernden war unbeschreiblich, mit Jubel ward ich in den Saal gezogen, wo ich wie geblendet stand, da ich noch niemals so viele reizende Wesen beisammen gesehen hatte. Das war ein Fragen und ein Bestellen; ich zeigte ihnen die englischen Tänze, die mir mein guter Meister in mein Notenbuch geschrieben hatte, ich spielte einen auf, aber er wollte nicht passen. Sie fragten nach der Anzahl der Touren und dergleichen, was mir alles unverständlich war. Ich sollte ihnen den Tanz und die Musik dazu arrangieren. Ich versuchte noch eine Anglaise[26] und ebenso die dritte, nun war meine Kunst zu Ende, und da auch diese nicht paßten und wir uns gar nicht verständigen konnten, so mußte ich, den sie im Triumph eingeholt hatten, mit der größten Beschämung wieder abziehen, und sie endigten ihren Nachmittag in Verdruß, der ihnen ohne die plötzliche unerwartete Freude heiter verflossen wäre. Meiner Mutter, die mich ausfragte, erzählte ich, die Mädchen hätten eigentlich gar nicht tanzen können; und so kam es mir auch vor, da sie sich aus meinem Spiel nicht zu vernehmen[27] wußten.

Mein Meister wurde endlich zu einer auswärtigen Kapelle verschrieben, und nun glaubte ich, meiner Qual los zu sein: mein konsequenter Vater aber hatte schon wieder einen neuen Lehrmeister bei der Hand, der, als ich ihm meine Künste vorgespielt hatte, die

---

[26] Jetzt Française genannt.

[27] Es begreifen, sich hineinfinden.

Sache gründlich wieder von vorne anfing. Ich, der ich schon Symphonien und die schwierigsten Sachen vorgetragen hatte, mußte jetzt jene mir verhaßten Choräle und Kirchenmelodien einlernen, lauter Noten aus halben oder ganzen Takten, weil mein neuer Meister behauptete, ich hätte weder Strich noch Fingersetzung. Dieser hatte ein so delikates Ohr, daß er bei meinen Mißtönen fast ärgere Gesichter schnitt als ich selber, er lachte auch niemals über meine Ungeschicklichkeit und Mangel an Talent, wie der erste, sondern nahm sich die Sache sehr empfindsam zu Herzen und war manchmal fast dem Weinen nahe. Zum Glück dauerte diese neue Schererei etwa nur ein halbes Jahr, worauf ich zur Universität abging und seitdem kein Instrument wieder angerührt habe. Diese Bekenntnisse, meine Herren, schildern nur kurz den geringsten Teil meiner musikalischen Leiden, denn wenn ich sie ganz hätte darstellen wollen, würde mir Zeit und Ihnen die Geduld ermangeln.«

»Jetzt ist die Reihe an Ihnen«, sagte der Baron Fernow, indem er sich zum alten Italiener wandte, »Sie haben bei diesen Erzählungen eine besondere Freude gezeigt, und es ist wohl billig, daß Sie uns auch einige Ihrer Leiden mitteilen, die Ihnen wohl, als einem alten Virtuosen, nicht gefehlt haben können.«

»Ach! meine Herren«, sagte der Alte mit einem sonderbaren Gesicht, »meine Leiden sein zu tragisch, um Pläsir zu machen, auch kann meine welsche Zunge nicht in die Landstraße von der deutsch Idiom recht fortkommen, muß daher um Nachsicht anfleh, wenn meine Konfession etwas mit Konfusion verschwägert sein sollte. Ich war von Jugend auf geübt im Sang, fertig im Klavierspiel und guter Tenor, frisch auf Theatern mit Glück in Napoli gesungen und brav beklatscht und *e viva!* mich zugerufen. Ging nach Rom, gefiel nicht so ausnehmend, denn die Herren *Romani* sein kritischer Natur, bilden sich ein, die feinste Ohreinrichtung in den ganzen Italia zu haben. Ach! aber hier sah ich im Karneval eine junge Demoiselle, die Stunde bei mich nahm, um nachher in Firenza[28] zu singen, auch auf das Theater. Ach! welcher Ton! welche Talente! welche Augen! Nun das war ein *cara mia, amor* und *mio cuore,*[29] bis wir, eh' wir uns das Ding versahn, mitsammen davongelaufen waren und singen

---

[28] Florenz.

[29] Meine Teure, mein Liebling, mein Herz.

nun in Firenza auf Theater aus Leibesmacht als Mann und Frau. Hatten viel Zärtlichkeit in der Eh', aber auch manchen Verdruß, denn *cara mia* war der Jalousie ergeben, und meine Wenigkeit war dazumal ein gar hübscher *giovine*,[30] und die Frauenzimmer rührten leicht mein Herz. Doch alles ging gut, bis wir in eine deutsche Residenz engagiert wurden. Da lebte ein Kompositeur, ein Maestro, so recht ein Theoretiko, voll Prätension, aber gescheit, dabei ein hübsch wohlgewachsen Männer. Der Hortensio gefiel meiner Cara, und sie wollte nun seine Schülerin vorstellen, in edel große Manier singen, mit Seele, wie Hortensio sagte, nicht mehr aus Hals und Kehle, sondern, so wie die Deutsche meinen, aus das Gemüt heraus. Gemüt! Eine extra deutsche Erfindung, die alle andern Natione gar nicht kennen. Bis dahin hatte die Gute ihren schönen Ton gehabt, grausame Höhe, hell wie Glas, spitz, laut, mochte Kompositeur komponieren, wie er wollte, brachte er seinen hohen Ton, flugs hatten wir ihn weg, richtig mußte er in seine Passage und Kadenz hinein, hinaufgeschroben, höher und immer höher, da oben dann umgeschwenkt und wieder hinabgegurgelt, und *brava! brava! bravissima!* aus den Logen heraus geschrieen, mit Fächern und Händchen geklopft, *mia cara* sich verneigt, Arme kreuzweis vor der Brust, und keinem Menschen war's eingefallen, daß Monsieur Kompositeur da hatte Gedanken, aparte Fühlungen hineindrechseln wollen. Aber Hortensio! Hortensio! *bestia maledetta!*[31] denk ich, der Schlag soll mich rühren, wie ich zum erstenmal die seelische Manier in mein Ohr hinein hör'! Keine Passage, keine Übergänge, keine Triller, singt daher wie ein Kalb, das geschlacht werden soll, pur ohne Manier und Methode. Ich war der *primo uomo*,[32] konnte aber nicht lassen, meine Primadonna im Liebesduett rechtschaffen in den runden Arm zu zwicken. Schreit sie auf gefährlich: meinen die Leut', das soll' auch große neue Manier sein, und fangen an zu lachen. Von dem Tage Zwietracht unter uns, kein Beifall vom Publikum mehr. Hortensio war großer Theoretiker und Enthusiast, wollte aber keinen Amanten abgeben, war verheiratet an eine gute Frau, die nach deutscher Manier ganz Seele war. Nun steigt in meiner zarten Isabelle die Bosheit immer höher. Sie will retour in alte brillante Manier,

---

[30] Jüngling.

[31] Verdammte Bestie!

[32] Wörtlich: der erste Mann, d h. erster Tenorist.

verflucht Seele und Gemüt, aber war nicht anders, als wenn die Töne wie Besessene durcheinander schrieen, kochte und zwirbelte oft in der Gurgel, murrte und pfiff, als wenn Satansbrut in dem kleinen Hals miteinander auf Gabel und Besenstiel wie zum Schornstein hinaus auf die liebe Blocksberg fahren und rutschen wollten. So war das Elend komplett, fehlte nur noch, daß sie mir alle Schuld gab, und das that sie denn auch redlich: ich sänge so schlecht, wäre rückwärts gegangen: *enfin*, wir kriegten beide unsern Abschied mit kleine Pension. Zogen durch alle Provinz, den wohl-feilsten Ort anzutreffen, und fanden immer die allerteuersten, gaben Konzert, ich Privatstund im Singen. Die *cara* Isabella konnte aber Musik nicht aufgeben, und je ärger es wurde, je lieber sie sang; als kein Mensch mehr zuhören wollte, trieben wir das Spektakel priva-tissime auf unserer Stube. Ja, da mußte ich ganzer Mann sein, um mit meine Heroismus das Schlachtgeschrei auszuhalten, und oft-mals dachte ich, es müßte gestorben werden. Wir hatten großen, mächtigen Kater, der lag immer auf das Klavier: sehn Sie, das Kerl fürchtete sich weder vor Ratz noch Maus, lief vor keine noch so große Hund und hatte sich 'mal mit einem allmächtigen Bullenbei-ßer gekratzt; aber sowie meine Gemahlin nur den Deckel aufmach-te, um die Harmonie loszulassen, so lief das Katz, was es konnte, bis auf den alleroberstn Boden. Wir tobten so gewaltig, daß uns kein Wirt mehr zum Mietsmann einnehmen wollte. Natürlich mochte nun kein Mensch mehr unser Konzert hören, denn die menschliche Ohr sein meistenteils etwas zart konstruiert, und sehr viel Men-schen haben fast natürlichen Widerwillen gegen Detonieren[33] und widerwärtigen Gesang.

»An einem Tage sagte mir die Gattin, ich solle meine beste Kleid anziehn, es sei große reputierliche Gesellschaft von Zuhörer gebe-ten. Wir sangen und tobten, es war aber kein Mensch da. Wie ich in der Nacht darüber mit ihr redete, sagte sie, die gewöhnliche Menschheit sei zu platt und grob organisiert, ihre Kunst zu fassen, darum habe sie Überirdische invitiert, die klagten niemals über Dissonanz, ich aber sei ein Gesell, zu plump, um die feinen Kreatu-ren mit meine dumme Augen zu sehn. Nun ging's immer so fort mit die Engelssocietäten, und sie erzählte mich viel von dem großen

---

[33] Falsch singen.

31

Beifall, den ihr Vortrag bei die Kenner fände. Am andern Abend, als wieder große Geisterassamblee bei uns war, und wir beide g'nug schrieen, sagte sie zu mir plötzlich, ich sänge entsetzlich falsch, es sei nicht auszuhalten, und König David, der gewiß ein Kenner in Musiken sei, wolle gar nicht wiederkommen, wenn ich nicht richtiger und mit mehr Respekt sänge. Ich sollte gleich hin und *Majesté* um Verzeihung bitten. Wo sitzt er denn? Da, nahe am Ofen, denn der alte Herr hätte etwas kalt. Ich trug meine submisse Devotion in höfliche Redensart vor und wurde pardonniert.«

»Armer Mensch!« sagte der Kapellmeister gerührt, »und wie lange lebte die Wahnsinnige noch?«

»Bitte sehr um Verzeihung«, erwiderte der Italiener, »meine selige Gattin nicht zu lästern, war nichts weniger wie etwa toll im Kopf, dachte es auch erst, sah aber bald meinen Irrtum. Denn als es noch kälter wurde, die Tage immer kürzer, die Selige mich auch tüchtig tribuliert[34] hatte und ich mir fast den Hals entzwei gesungen, weil diesmal alle Makkabäer uns die Ehre erzeigten, da sah ich, wie ich Licht hereinbrachte, die ganze Stube voll unsichtbarer Menschen, will sagen, verstorbene Geister. Seitdem mir nun die Binde von meine Augen heruntergefallen war, habe ich manche interessante Bekanntschaft unter die Abgeschiedenen gemacht und hatte nun gar nicht mehr nötig, viel mit die sterbliche Menschen umzugehn.«

»Das glaub' ich«, sagte der Baron, indem er den Erzählenden mit einem prüfenden Blicke anstarrte; die Tochter rückte etwas weiter von ihm weg, der Enthusiast war erstaunt, der Laie lachte, und nur der Graf, welcher ihn schon kannte, blieb ruhig. »Wir sahen ein«, fuhr der Alte fort, »daß die zu weit ausgebreitete Bekanntschaft mit die ganzen Vorzeit etwas lästig werden könnte, und beschränkten uns nachher fast nur auf die berühmte Musiker. Ja, meine Herren, da habe ich nachher erst Dinge über Kontrapunkt, Wirkung, Ausbeugung[35] und über Charakter von die Tonarten erfahren, die in keinem Buche stehen. Aber meine liebe Frau starb bald, und seitdem habe ich den Umgang auch nicht fortsetzen können, denn alle

---

[34] Gequält.
[35] Übergang in eine andre Tonart.

die Herren haben sich mich allein, da *cara mia*, nicht zugegen, seitdem nicht wieder gezeigt.«

Der Baron fragte den Grafen nach einer Pause, ob er nicht auch
vielleicht einige musikalische Leiden vorzutragen habe, und dieser,
der bis jetzt geschwiegen hatte, fing so an: »Ihre Klagen, meine Herren, waren zum Teil darüber, daß Sie mit der Musik in Verbindung
kamen, ohne eigentliche Lust oder scharfen Sinn für diese Kunst zu
besitzen. Mein Elend kommt von der entgegengesetzten Seite. Von
frühester Jugend war meine Freude an Musik, mein Trieb zu ihr
überreizt zu nennen, auch machte er meinen Eltern und Erziehern
genug zu schaffen. Ich wollte nichts anders lernen und verwünschte
oft meinen Stand, der mich hinderte, ein ausübender Künstler zu
werden. Wo nur ein Ton erklang, wo nur Gesang sich hören ließ, da
war ich gleich mit ganzer Seele und vergaß alle meine Geschäfte.
Mein Vater, ein ernster, heftiger Mann, zürnte über meinen Enthusiasmus, der allen seinen Absichten feindlich zu werden drohte. Da
ich auch zu leidenschaftlich war und im jugendlichen Eifer wähnte,
ich könnte meine Kunst nicht fanatisch genug verteidigen, so ver-
letzte und kränkte ich oft meinen Vater auf ungeziemende Weise,
und dieser Kampf, diese Reue und Zerknirschung über meine Hitze, Verstimmung gegen die Welt und mich, dies traurige, zerrissene
Wesen verdarb mir völlig die Heiterkeit meiner Jugend, denn der
gewaltsam errungene Genuß meiner Kunst war doch nicht im stande, mir alles das zu ersetzen, was ich einbüßen mußte. Ja, sei es nun,
daß meine Erwartungen zu hoch gespannt waren, daß meine Ahndung für das Höchste zu sehr meine Forderungen stimmte, genug,
es wurden mir auch die Werke der Kunst selbst, so gut wie ihr Vortrag, oft allzusehr verkümmert. Denn ich glaubte nicht selten wahr-
zunehmen, daß man so vieles in die Musik aufgenommen habe, was
dieser Kunst ganz fremd bleiben müsse, daß sie meistenteils zu sehr
zum Zeitvertreibe herabgesunken sei, daß sie um Effekte buhle, die
ihrer unwürdig sind, und daß die wenigsten Sänger nur wissen,
was Vortrag und Gefühl zu bedeuten habe. Eine tiefe Schwermut
konnte sich meiner bemeistern, daß fast nirgend in der Welt die
Stimmung angetroffen werde, die ich für notwendig hielt, wenn
diese hohe Kunst ihr Element finden sollte. Ich mußte denn endlich
meinem Vater doch nachgeben und an den Geschäften teilnehmen.
Die Arbeit wurde mir leichter, als ich mir vorgestellt hatte, und

mein Vater, der mich wegen meiner Kunstliebe für fast blödsinnig gehalten, war so mit mir zufrieden, daß seine ehemalige Zärtlichkeit gegen mich erwachte. Nach einigen Jahren ward ich in diplomatischen bedeutenden Geschäften an einen großen Hof gesendet. Seit lange hatte ich die neuen Sänger und Sängerinnen beobachtet und war fast mit allen unzufrieden. Wenn die Stimme das Gefühl, den Enthusiasmus der Leidenschaft ausdrücken soll, so muß sie sich großartig erheben, mächtig anschwellen und die Höhe nur deswegen suchen, um die stärkste Lichtregion und Kraft zu gewinnen. In dieser Gegend ist es, wo Komponist und Sängerin das Übermenschliche der Liebe, der Klage, der Andacht und jeder Regung der Seele ausdrücken können: und doch fand ich fast immer, daß der Wohllaut, die Wollust dieser Klänge nur gebraucht wurden, um eine kleine Künstlichkeit, eine Art Springerei anzubringen, eine Virtuosität, die wohl ganz nahe an die Seiltänzer grenzt und von der echten Kunst ganz ausgeschlossen sein sollte. Noch schlimmer fast erschienen mir diejenigen, die nach einer ziemlich verbreiteten neuen Manier den Ausdruck anbringen wollten. Kein *Crescendo*, kein Portament[36] der Stimme, sondern ein plötzlicher Aufschrei, wie ein Angst- oder Hülferuf, dann ein ebenso plötzliches Verhauchen, ein unmotiviertes Sinkenlassen des Gesanges, ein dumpfer Seufzer statt des Tons und so fort in diesem schroffen, eckigen Wechsel, so daß ich jetzt nichts hörte und jetzt wieder von grellen Tönen erschreckt wurde, ein Unfug, den oft ein ganzes Publikum bewunderte, und der mir noch jenseit dem Anfange der Schule zu liegen schien oder mir vielmehr wie der rohe unmusikalische Gegensatz alles Gesanges vorkam. Von dem neuesten Geschmack der Opern will ich schweigen, denn hier fände ich meinen Klageliedern kein Ende.

»Als ich dem fremden Hofe mich vorgestellt hatte, empfing ich bald darauf den Bescheid, daß ich mit einem wichtigen Auftrage schnell in mein Vaterland zurück müsse. Am Abend war beim Bruder des regierenden Fürsten Konzert, und eine fremde Sängerin wollte sich zum erstenmal hören lassen. Ich begab mich in den Konzertsaal. Nur der Sängerin Nacken, dessen blendende Weiße von einem wunderlich gekräuselten braunen Löckchen erhöht wurde,

---

[36] Portamento: getragenes Singen mit leichtem Hinüberschleifen von einem Ton zum andern.

konnte ich wahrnehmen sowie einen Teil des feingerundeten Ohres, so dicht war das Gedränge. Aber jetzt erhob das Mädchen den Ton und ging in einen zweiten über und strahlte den dritten aus, so mächtig, edel, rein, voll und lieblich zugleich, daß ich wie bezaubert stand, denn das war es, wie ich es mir immer gedacht, ja es war mehr, wie ich gewünscht hatte. Dieser reine, himmlische Diskant war Liebe, Hoheit, zarte Kraft und Fülle der edelsten, der überirdischen Empfindung. Da hörte ich nicht den spitzen, blendenden Glaston, der noch die Harmonika[37] überschleift, nicht die Betäubung in der letzten, schwindelnden Höhe, die wie mit Spitzen das Ohr verletzt und durchbohrt, nicht die Ohnmacht an der Grenze der Stimme, die erst ein Mitleidsgefühl in uns erregt und von diesem dann Hülfe und Beifall bettelt: nein, es war die Sicherheit selbst, die Wahrheit, die Liebe. Nun begriff ich erst, wie Hasse[38] hatte wagen können, zuweilen in seinen Arien durch viele Takte den Sopran auf ein und zwei Silben trillern, sich senken und wieder steigen zu lassen. Ich war so entzückt, daß ich mich und alles vergaß, ich legte in diesem höchsten Augenblick meines Lebens das sonderbare Gelübde mir selber heimlich ab, daß nur dieses Wesen mit dieser Wunderstimme oder keins meine Gattin werden sollte. Der Rat und der Laufer des Fürsten hatten mich schon zwei-, dreimal erinnert. Ich ging zum regierenden Herrn in das Schloß hinüber. Es ward mir schwer, meine Lebensgeister zu dem sehr bedeutenden Gespräche zu sammeln. Nach der Audienz mußte ich mich in stürmischer Nacht in den Wagen werfen. Kein Diener, am wenigsten der alte Rat, mein Begleiter, wußten mir von der Sängerin etwas zu sagen. In meinem Vaterlande angekommen, erwarteten mich dringende Arbeiten, die mich selbst in den Nächten beschäftigten, ich konnte meinen Vater, der auf dem Krankenbette lag, nur wenig sehn. Als ich fertig war und meinem leidenden Vater jetzt meinen Trost und Dienst widmen wollte, konnte ich ihm nur noch die Augen zudrücken. Jetzt wußte ich erst, wie teuer mir der edle Mann gewesen war, doch war es mir jetzt erlaubt, meiner Neigung zu folgen; ich entzog mich den Staatsdiensten. Sobald es meine

---

[37] Die Glasharmonika, ein im 18. Jahrhundert beliebtes Instrument aus verschieden abgestimmten und mit den Fingern gestrichenen Glasglocken.

[38] Johann Adolf Hasse (1699 1783), Komponist von Opern und Kirchenmusiken, 1731 63 Hofkapellmeister in Dresden.

geordneten Geschäfte zuließen, reisete ich nach jener Residenz zurück aber und wie ist dies zu begreifen? kein Mensch, kein Musiker, niemand am Hofe wollte von jener Sängerin oder jenem Abend, den ich beschrieb, etwas wissen, als sei diese einzige, himmlische Stimme eine der gewöhnlichsten Erscheinungen, die man kaum bemerkt und dann vergißt, oder als sei ich in Wahnsinn und Bezauberung, daß ich mir alles nur eingebildet habe.

»Als jede Nachforschung vergeblich war, suchte ich auf Reisen jenes Wunder wieder anzutreffen. Darum versäumte ich kein Konzert und keine Oper, suchte jede musikalische Versammlung auf, und immer vergebens. Seit zwei Jahren führe ich dies unruhige, traurige Leben, und heut abend dacht' ich thöricht zu werden, denn in der fremden Dame glaubte ich meine Unbekannte gefunden zu haben, dieselbe Locke im Nacken, derselbe feine Kontour des Ohrs, und Mund und Physiognomie schienen mir ganz wie die einer Sängerin.«

Die Tochter des Hauses versicherte noch einmal, daß der Graf sich durchaus irre, und daß seine Bemerkungen über Gesang fast ebenso einseitig als fein zu nennen wären. »Denken Sie denn Ihr sonderbares Gelübde zu halten?« fragte hierauf der Baron.

»Ich muß wohl«, erwiderte der Graf, »denn mögen Sie auch lächeln und es unbegreiflich finden, jener wunderbare süße Ton hat mir Liebe, wahre Liebe eingeflößt. Warum soll denn unser Auge der einzige Sinn sein, der uns dies Gefühl, diesen enthusiastischen Taumel zuführt? Ich träume von dieser Engelsstimme, immer vernehme ich sie, alles erinnert mich an diesen Ton: o Himmel! wenn er verschwunden, wenn sie gestorben sein sollte! Ich mag mir die Unermeßlichkeit dieses Elends gar nicht vorstellen.«

Die übrigen, den Laien abgerechnet, schienen diese Leidenschaft nicht begreifen zu können oder an sie glauben zu wollen. Da es spät war, trennte man sich, und der Italiener begleitete den Grafen, in dessen Hause er wohnte.

»Eccellenza«, fing er in einer einsamen Straße an, »thut mir die Gefälligkeit, mich übermorgen vor das Thor da in den Tannenwald zu begleiten, da will ich mir umbringen.«

»Narr!« sagte der Graf, »was fällt Euch einmal wieder ein? Habe ich nicht versprochen, für Euren Lebensunterhalt zu sorgen?«

»Alles recht schön«, sagte jener, »danke auch für die Großmut; aber ich bin mein Leben völlig satt, so sehne ich mir nach meiner abgeschiedenen Hälfte.«

»Damit ihr auch jenseit«, fragte der Graf, »euer Katzenkonzert wieder fortsetzen könnt?«

»Nicht bloß deswegen«, erwiderte der Alte, »bin aber mit Isabellen so gewohnt gewesen, mit Palestrina, Durante, Bach[39] und alle große Leute, den königlichen Kapellmeister David mit eingerechnet, zu leben, daß ich es mit so ordinären Menschen nicht mehr aushalten kann. Wie raten mich, Eccellenza, daß ich mir umbringen soll, hängen, schießen oder ersaufen?«

»Ich werde den Narren einsperren lassen«, sagte der Graf.

»Hat jedes etwas für sich«, fuhr der Italiener fort, ohne sich stören zu lassen; »Luft, Feuer, Wasser; jedes ein ganz gutes Element. Ein einziges Ding könnte mich mein Leben versüßen, so daß ich wieder in die Lebenslust einbisse.«

»Nun, und was?«

»Daß ich den Herrn Hortensio nochmal anträfe.«

»Und weshalb?«

»Daß ich ihn so recht abwamsen, durchdreschen könnte, daß er dazumal meiner *cara* die Gesangmethode so verdorben hat.«

»Phantast!« sagte der Graf, indem sie durch die Thür schritten, »Und was ist Eccellenza?« murmelte der Alte, indem die Diener ihnen entgegenkamen.

---

[39] Giovanni Pierluigi Palestrina (1515 94), der größte katholische, Johann Sebastian Bach (1635-1750), der größte protestantische Kirchenkomponist;l Francesco Durante (1684 1755), bedeutender Kirchenkomponist, Vertreter der sogenannten neapolitanischen Schule

Der Kapellmeister war in Verzweiflung. Es war ganz so gekommen, wie er gefürchtet hatte. Die erste Sängerin zeigte sich mehr als empfindlich, sie fühlte sich beleidiget, und sogleich war auf einen Wink von ihr eine recht schwere Krankheit da, die ihr es unmöglich machte, einen Ton zu singen, ja nur ihr Zimmer zu verlassen. Der Enthusiast wandelte und rannte hin und her, aber seine Vermittlung machte die Sache eher ärger als besser, denn da er treuherzig wiedererzählte, was jede der Parteien geäußert hatte, so wurde der Kapellmeister immer mehr erbittert, und die Sängerin ging am Ende so weit, daß sie verlangte, statt der beiden Hauptarien sollten zwei ganz neue gesetzt werden, und das Duo im letzten Akte müsse in den ersten und zwar gleich in den Anfang verlegt sein, auch forderte sie noch für sich die große Arie der zweiten Sängerin, ohne welche Bewilligungen an keinen Friedensschluß zu denken sei. Über diese ungeheuren Forderungen geriet der Kapellmeister so außer sich, daß er schwur, sie solle nun in seiner Oper gar nicht singen, ob er gleich noch nicht wußte, wie er seiner Verlegenheit abhelfen sollte. »Wenn nur meine *cara* noch lebte!« rief der alte Italiener aus, der an den Beratschlagungen teilnahm und jetzt die Verzweiflung des Kapellmeisters sah. »Ach! wie brillant könnte die Selige zum Theater wieder auferstehn! Die Rolle ist ganz und gar für sie geschrieben.«

»Könnt Ihr sie nicht vielleicht selbst übernehmen?« fragte der Kapellmeister in tragischer Bosheit.

» *Signor, sì*!«[40] rief der Alte, »wenn Ihr kein ander Subjekt findet, ich kann zum Entsetzen einen hohen Sopran durch die Fistel singen.«

»Es kommt wirklich fast auf eins hinaus«, rief der Komponist in seiner Verzweiflung, »ob man so oder so parodiert wird; wenigstens würde doch kein Liebhaber bei einer unpassenden Gelegenheit klatschen, und kein Eifersüchtiger oder der Bewunderer der zweiten Dame aus Neid pochen und zischen. Unternehmt Ihr, Alter, aber auch liebenswürdig zu erscheinen?«

»Was der Mensch leisten kann«, antwortete jener, der es für Ernst hielt, »vor dreißig Jahren war ich zum Malen hübsch, und wenn ich

---

[40] Herr, ja!

mal auf Karneval in Weibskleidern ging, lief mir alles junge Mannsvolk nach.«

»Die Primadonna hätten wir also«, sagte der Enthusiast, »und wenn die Oper nur Nacht und Verfinsterung des Theaters erforderte und kein Mensch die Sache erführe, so käme es wohl auf den Versuch an, welche Wirkung der alte Freund machen würde.«

»Wenn ich nicht vor der Aufführung tot bin«, warf der Italiener ein, »so wie das andere Subjekt krank ist, so möchte ich wohl in das Sterben geraten.«

»Ich sehe schon«, beschloß der Kapellmeister, »ich bin vergeblich hergereist, ich habe umsonst alle Anstalten getroffen. So lange es unmöglich bleibt, von Obrigkeits wegen einen solchen Eigensinn zu bestrafen und zu hindern, so lange das Publikum selbst nicht eine solche Frechheit und Verachtung seiner so ahndet, daß kein zweiter dieselbe Vergehung wieder wagt, so lange bleiben wir das Opfer dieser Kaprice von unwissenden Menschen, die für ihr mäßiges Talent viel zu sehr belohnt und von den Direktionen und allen Zuhörern verzogen werden. Ich werde wieder einpacken.«

Der Enthusiast weinte vor Schmerz, der Italiener aber sagte: »Ihr habt ganz recht; nicht wahr, das Leben mit all den Mühseligkeiten ist nicht die Rede wert?«

»Ich bin es wenigstens völlig satt«, antwortete der Komponist.

»Nun, so kommt mit mich, leistet mir Gesellschaft«, sagte der Alte sehr freundlich, indem er sich an ihn schmiegte.

»Wohin?«

»Nach jenseit, nach dem weiten, großen Raum, wo man Ellenbogenfreiheit nach Herzenslust hat. Sagt, Mann, wollen wir uns lieber ins Wasser schmeißen oder frisch den Kopf abschießen, wie dem Vogel von der Stange?«

»Geht«, rief der Musiker, »Ihr seid schon am frühen Morgen trunken.«

»Nein«, sagte jener, »ich habe einmal einen heiligen Schwur gethan, mir aus dieser Welt hier fortzuschaffen, wenn ich nicht etwa den lieben Signor Hortensio wieder antreffen thäte: das würde natürlich die ganze Sache verändern. Aber wenn mir die Freude nicht arriviert, sagt nur selbst, was ist denn das für ein lumpiges Leben hier unten? Da sitzt Ihr immer, närrischer Maestro, und klimpert auf das Klavier und schreibt Eure Eingebungen auf und ängstigt Euch um Invention, Charakter, Melodie, Stil, Originalität und wie man Kunstwesen alles nennt: und wer dankt es Euch? Wer merkt es nur ein bissel? Laßt uns doch mal als vernünftige Männer in Tag hinein reden: ist es denn nicht spaßhafter, sich aus dem Staub zu machen? Ja, Ruhm, Nachwelt! Wollen der lieben Nachwelt ein bissel entgegengehn und mal hinter den Vorhang gucken, ob es solches Getier überhaupt nur gibt. Übermorgen, Freundchen, seid von der Partie, ich bring' auch Pistol mit: Ihr müßtet denn lieber baumeln wollen; ist aber jetzt windiges und garstiges Wetter.«

»Laßt die Narrenspossen«, sagte der Musikus sehr ernst, »es wird noch dahin kommen, alter Thor, daß Ihr nach dem Tollhause wandert.«

»Und wohnen da nicht auch Leute?« sagte der Italiener grinsend; »Ihr habt Vernunft noch nicht vielgebraucht, junger Mann, da ist sie noch ein bissel frisch! Wer sie aber so wie ich strapaziert hat, da ist sie mürbe und matt; mir kommt's gar nicht so sehr auf Ambition an, daß mich Euresgleichen für vernünftig oder Weisen aus Griechenland halt. Ich habe wohl andern Umgang gehabt, als Ihr, Ihr armer, gegenwärtiger, kurzsichtiger Mensch! Und wenn Nestor oder Phidias und Praxiteles, mit die ich so oft konversiert habe, mich so etwas gesagt hätten, so hätte ich jeden einen Schlag an die Gegend von das Ohr gegeben.«

Er lief wütend fort, und der Kapellmeister setzte sich melancholisch nieder; auch der geschwätzige Enthusiast mußte ihn verlassen, damit er seinem Kummer recht ungestört nachhängen könne.

*

»Nein«, sagte am Abend der Laie zum Baron Fernow, »ich habe dazumal einen Schwur gethan, niemals eine Geige wieder anzurühren, und darum verschonen Sie mich.« Der Vater und die Tochter wünschten nämlich, er möchte ihnen nur etwas, das kleinste Liedchen Vorspielen, um zu sehen, wie er sich in der Jugend mit seinem Instrumente ausgenommen habe.

»Man sollte wohl nichts verschwören«, sagte der Baron, »am wenigsten die Ausübung einer so edeln Kunst.«

Der Kapellmeister trat herein und erzählte eine sonderbare Anmutung, die ihm vom Grafen geschehen sei. Dieser habe ihn nämlich besucht und gebeten, am heutigen Abend mit ihm und dem alten Italiener in den Wald vor die Stadt zu gehn, wo sich der Sänger erschießen wolle; der Graf wünsche wenigstens einen rechtlichen Mann zum Zeugen, der es nachher bewähren könne, daß der alte Thor sich selber umgebracht habe. Der Baron war der Meinung, man müsse den alten Verrückten sogleich festnehmen und einstecken; die übrigen fielen bei, nur der Laie äußerte den Zweifel, ob nicht jedem das Recht zustehen müsse, über sein Leben zu entscheiden, wie es ihm am besten dünkte. Hierüber entspann sich ein Streit, ob es dem Staate oder den übrigen Menschen erlaubt sei, über irgendwen eine solche beschränkende Aufsicht zu führen, welches der Baron uneingeschränkt behauptete, da ein solcher durchaus, der einen so unklugen Vorsatz fasse, als ein Wahnsinniger zu betrachten sei.

»So muß man erst ermitteln, was Wahnsinn ist«, warf der Laie ein; »denn wir sehn es in der Geschichte, wie die Gesetze und ihre Vollstrecker nach den Umständen und herrschenden Gesinnungen bald dieses, bald jenes zum todeswürdigen Verbrechen gestempelt haben, welches andere Zeitalter zu Tugenden erhoben oder gleichgültig ansahen, ja selbst verlachten. Frei zu denken, von gewissen Meinungen abzuweichen, hat ehemals manchen auf den Scheiterhaufen geführt; wegen Zauberei, wegen angeschuldigter Künste ist manchem der Stab gebrochen worden, und jetzt, wo wir in diesen Punkten Freiheit gestatten und es doch dulden müssen, wie viele durch Übermaß und Ausschweifung sich vorsätzlich und sichtlich zu Grunde richten, begreife ich nicht, wie man es den Elenden und Verstörten mit Recht verwehren kann, das Leben wegzuwerfen, wenn sie diesen Entschluß wirklich ergreifen.«

»Sie sind paradox«, rief der Baron; »ich bin nicht Philosoph genug, um Sie widerlegen zu können, allein aus den Überzeugungen der Religion müssen Sie es selber schon wissen, daß Sie eine böse Sache verteidigen.«

»Ich habe versprochen, mit auszuwandern«, sagte der Kapellmeister, »denn ich kann mir nimmermehr vorstellen, daß der alte Thor Ernst machen wird. Übrigens wäre es wahrlich nicht zu verwundern, wenn ein armer geplagter Kapellmeister diese Gelegenheit benutzte und ihm Gesellschaft leistete.«

Der Graf trat wie verstört und tiefsinnig herein. Man fragte ihn, ob etwas Neues begegnet sei; er äußerte aber, die Erinnerung an jene Stimme, die ihm durch die neuliche Erzählung wieder mit frischer Lebhaftigkeit in das Gedächtnis gekommen sei, sein rastloses Suchen, die Qual dieser Spannung und die Unruhe, die es seinem ganzen Wesen mitteile, mache ihn völlig elend, und er habe beschlossen, wenn sich der Italiener erst erschossen habe, weiter zu reisen.

»So halten Sie es denn für Ernst?« fragte der Baron erstaunt.

»Wenn er nicht wirklich dazu thut«, antwortete der Graf, »so nehme ich den Narren wieder auf die Reise mit.«

Der Italiener trat herein und schien aufgeräumter, als man ihn noch je gesehen hatte. Alle betrachteten ihn mit einer gewissen Scheu, er aber nahm keine Notiz von diesem veränderten Betragen, und als jetzt der Enthusiast und der Sänger die Gesellschaft vermehrten, wurden alle in heitern Gesprächen von einer vergnüglichen Laune beherrscht, den Grafen ausgenommen, der seine trübe Miene nicht veränderte. »Lassen Sie uns«, sagte der Kapellmeister endlich, »einiges von unsern neulichen Erzählungen aufnehmen. Wie ist es möglich (indem er sich zum Laien wandte), daß Sie nach Ihren neuerlichen komischen Bekenntnissen ein so großer Freund der Musik haben werden können?« »Vielleicht dadurch um so mehr«, erwiderte dieser, »weil das Gefühl, als es reif in mir war, durch sich selbst und stark erwachte, daß ich nichts Angelerntes, Nachgesprochenes in meine Liebhaberei hinübernahm. Ich hatte es endlich dahin gebracht, daß ich kleine, einfache Lieder begriff, die mir auch wohl im Gedächtnis hängen blieben, die trefflichen von Schulz[41] zum Beispiel, in denen uns, ohne daß sie uns eben poetisch aufregen, so behaglich und wohl wird, die uns so klar blauen Him-

---

[41] Die »Lieder im Volkston« von Johann Abraham Peter Schulz erschienen 1779 90).

mel, grüne Landschaften, leichte Figuren und anmutige Empfindungen hinmalen, waren mir oft gegenwärtig und verständlich. Nur die größeren Kompositionen, am meisten aber die dramatische Musik, waren mir zuwider, wenn ich auch in der letztem manchmal mit Wohlgefallen eine kleine Arie hörte, die sich dem Ohr einschmeichelte. Auch der Harthörigste lernt am Ende die kleinen melodischen Sachen fühlen, wenn ihm auch der Zusammenhang großer musikalischer Dichtungen unverständlich bleibt. Als das erste Mal »Don Juan« von Mozart gegeben wurde,[42] ließ ich mich bereden, das Theater zu besuchen. Es war unlängst komponiert und des großen Mannes Ruhm noch in Deutschland nicht so begründet wie bald nachher, welches ich besonders an einem hochgeachteten Musiker wahrnahm, der während und nach der Aufführung nicht genug über den falschen Geschmack des Werkes reden konnte. Mir aber war, als fiele mir schon während der Ouvertüre eine Binde von allen Sinnen. Ich kann die Empfindung nicht beschreiben, die mich zum erstenmal überraschte, daß ich wahre Musik hörte und verstand. Mit dem Verlauf des Werkes steigerte sich mein Entzücken, die Absichten des Komponisten wurden mir klar, und der große Geist, der unendliche Wohllaut, der Zauber des Wundervollen, die Mannigfaltigkeit der widersprechendsten Töne, die sich doch zu einem schöngeordneten Ganzen verbinden, der tiefe Ausdruck des Gefühls, das Bizarre und Grauenhafte, Freche und Liebevolle, Heitere und Tragische, alles dieses, was dieses Werk zu dem einzigen seiner Art macht, ging mir durch das Ohr in meiner Seele auf. Daß es so plötzlich geschah, vermehrte meine Begeisterung, und ich konnte nun kaum den »Belmont«[43] desselben Meisters erwarten, dessen Leidenschaftlichkeit mich nicht weniger entzückte. Auch andere Komponisten suchte ich zu begreifen, und Glucks[44] großer Stil, seine edle Rhetorik, sein tiefes Gemüt rissen mich hin, ich er-

---

[42] In Berlin zum erstenmal am 20. Dezember 1790 aufgeführt; komponiert 1787. Der »hochgeachtete Musiker« ist Reichardt, der anfangs gegen Mozarts Musik eine heftige Abneigung hatte.

[43] »Belmonte und Konstanze oder die Entführung aus dem Serail«, komponiert 1781; erste Aufführung in Berlin am 16. Oktober 1788.

[44] Christoph Wilibald Ritter von Gluck (1714-87), der große Reformator der dramatischen Musik.

freute mich an Paisiello und Martini, Cimarosa's[45] heller Geist leuchtete mir ein, und ich bestrebte mich, die Verschiedenheiten des musikalischen Stils sowie verschiedenartige Dichter zu erfassen und mir anzueignen. Während meiner Universitätsjahre verlor ich diese Kunst wieder aus dem Gesichte, doch zurückgekehrt, war mein Eifer für sie um so brennender, vorzüglich da einige vertraute Freunde mein Urteil und Gefühl läuterten. Jetzt wurde ich mit dem wundervollen Genius des großen Sebastian Bach[46] bekannt, in dem vielleicht alle Folgezeit der entwickelten Musik ruhte, der alles kannte und alles vermochte, und dessen Werke ich etwa nur mit den altdeutschen tiefsinnigen Münstern vergleichen möchte, wo Zier, Liebe und Ernst, das Mannigfaltige und Reizende in der höchsten Notwendigkeit sich vereinigt und in der Erhabenheit uns am faßlichsten das Bild ewiger und unerschöpflicher Kräfte vergegenwärtigt.«

Der Komponist sagte: »Gewiß, es könnte Schwindel erregen, wenn man überschaut, was alles vorangehen mußte, bevor Bach seine Werke schreiben konnte; aber es gehört auch wahrlich viel dazu, einer solchen Fuge oder einem vielstimmigen Satz auf die rechte Weise zu folgen und ihn zu verstehn, es ist gleichsam eine Allgegenwart des Geistes, die ich einem solchen Laien am wenigsten zugetraut hätte.«

»Nach mehreren Jahren«, fing der Laie wieder an, »wurde mir es so gut, in eine edle Familie[47] eingeführt zu werden, deren Mitglieder, vorzüglich die weiblichen, auf eine entzückende Art die Musik

---

[45] Giovanni Paisiello (1741 1816), Opernkomponist (»Die schöne Müllerin«, »Der Barbier von Sevilla« u. a.); Vicente Martin y Solar aus Valencia (1754 1810), von den Italiern Martini lo Spagnuolo (der Spanier) genannt, Komponist einst beliebter Opern (»La cosa rara«, »Lilla« u. a.); Domenico Cimarosa (1749 1801), schrieb vortreffliche, namentlich komische Opern (am berühmtesten »Die heimliche Ehe«, 1792).

[46] Seine gewaltigen Schöpfungen auf welche E. T. A. Hoffmann zuerst wieder hingewiesen hatte waren damals in weitern Kreisen so gut wie vergessen; die erste Aufführung der Matthäuspassion durch Mendelssohn fand erst 1829, sieben Jahre, nachdem Tieck dies schrieb, statt.

[47] Das Folgende enthält wohl eine Huldigung für die Familie Finkenstein, insbesondere für Tiecks edelmütige Freundin, die Gräfin Henriette, die allerdings nicht die älteste, sondern die jüngste Tochter war.

ausübten. Die älteste Tochter sang einen Sopran, so voll und lieblich, so himmlisch klar, daß ich bei Ihrer neulichen Beschreibung
des Gesangs Ihrer Unbekannten, werter Graf, an diese unvergleich-
liche Stimme denken mußte. Hier vernahm ich nun neben manchem
Weltlichen vorzüglich die großen und ewigen Gedichte des erhabenen Palestrina, die herrlichen Kompositionen eines Leo und Durante, die Zaubermelodieen des Pergolese,[48] den ich mit den Lichtspie-
len des Correggio[49] vergleichen mußte, die trefflichen Psalme
Marcellos, die großartige Heiterkeit unsers Hasse und das dramatische Requiem Jomellis.[50] . Manches von Feo, die Miserere von Bai
und Allegri[51] ungerechnet. So rein, ungeziert, im großen, einfachen
Stil, ohne alle Manier vorgetragen, wird man schwerlich je wieder
die Meisterwerke hören. Niese glückliche Zeit versetzte meinen
Geist in eine so erhöhte Stimmung, daß sie eine Epoche in meinem
Leben macht. Nur in wenigen schwachen Gedichten[52] habe ich
versucht, meine Dankbarkeit auszusprechen. Meine Seele war so
ganz in diesen göttlichen Tönen aufgegangen, daß ich dazumal
nichts von weltlicher Musik wisse» Wollte, es schien mir eine Ent-
adlung der Göttlichen, daß sie sich zu den menschlichen Leiden-
schaften erniedrigen sollte. Ich glaubte, es sei nur ihre wahre Bestimmung, sich zum Himmel aufzuschwingen, das Göttliche und
den Glauben an ihn zu verkündigen.«

---

[48] Leonardo Leo (1694 1744), Mitbegründer, Giovanni Battista Pergolese
(1710 36), ausgezeichneter Vertreter der neapolitanischen Schule. Von letzterem
z. B. ein berühmtes stabat mater, das Tieck zu mehreren Gedichten begeisterte (s.
das chronologische Verzeichnis der Gedichte unter 1802).

[49] S. Anmerkung zu S. 154. Tieck denkt hier besonders an des Meisters »Heilige
Nacht« in Dresden.

[50] Benedetto Marcello (1686 1739), Dichter und ausgezeichneter Komponist; am
berühmtesten seine »Psalmen« (1724 27); Tieck hat ihn in einem Gedicht gefeiert
(1802), Nicola Jomelli (1714 74), Mitglied der neapolitanischen Schule, bedeutend
in Kirchen- und Opernmusik.

[51] Francesco Feo (1699 1752), berühmter Komponist und Gesanglehrer in Neapel;
Tommaso Bai (1680-1714), schrieb vor allem ein berühmtes Miserere, das alljähr-
lich in der Karwoche in der päpstlichen Kapelle zu Rom gesungen wird, ab-
wechselnd mit denen von Baini und von Gregorio Allegri (159(?) bis 1652). Tieck
hörte diese Kompositionen in Rom selbst.

[52] Tiecks Gedichte über Musik sind 1802 geschrieben.

»Ein Beweis«, sagte der Kapellmeister, »daß Ihr ganzes Herz damals von der Glorie dieser Erscheinung durchdrungen war. Man thut auch Unrecht, dergleichen wahre Begeisterung Einseitigkeit zu schelten, denn unsre Seele, wenn sie wirklich auf so große Art ergriffen und erschüttert wird, fühlt dann in diesem ihr neuen Element die ganze Kraft und Ewigkeit ihres Wesens; sie findet dann die Schönheit, von der sie früher gerührt wurde, erhöht und vollendet in der neuen Erscheinung und sieht mit Recht auf ihre frühern Zustände als auf etwas Geringeres hinab. In wessen Herz eine solche Vision nicht steigen und es ganz ausfüllen kann, der weiß überhaupt nicht, was echte Begeisterung ist. Und gewiß ist die Kirchenmusik, welche freilich die Neueren meist auch so tief herabgezogen haben, die erhabenste und schönste Aufgabe unsrer Kunst. Ich bin aber überzeugt, daß Sie späterhin von selbst eben aus Ihrem Enthusiasmus wieder den Weg zu Ihrem geliebten Mozart und andern gefunden haben.«

»Natürlich«, fuhr der Laie fort, »denn die Liebe kann sich doch niemals in Haß umwandeln. Ich habe immer die Menschen gefürchtet, die mit ihren Gefühlen in den Extremen schwärmen und heut übertrieben verehren, was sie in einiger Zeit mit Füßen treten. Unsre Bildung kann und soll nur eine Modifikation einer und derselben Kraft, einer und derselben Wahrheit sein, kein unruhiger Austausch und Wechsel und kein hungerndes Verlangen nach Neuem und Unerhörtem, welches doch niemals befriedigend gesättigt werden kann. Als es mir nachher so gut ward, in Rom von der päpstlichen Kapelle viele derselben Sachen vortragen zu hören, so fühlte ich wohl, daß hier ein eigener traditioneller Vortrag des alten *Canto fermo*[53] manches anders und noch einfacher gestalte, aber weder dort noch in den Theatern habe ich je diesen unbeschreiblichen Diskant wieder vernommen, und Pergolese oder andere neuere Kirchenmusik ist mir auch niemals in dieser Vollendung wieder vorgetragen worden.«

---

[53] Die altertümlich einfache und gemessen einherschreitende, choralartige Gesangsmelodie.

»Aus Ihren Beschreibungen«, fing der Sänger[54] an, »muß ich wohl abnehmen, daß Sie mit der neuen Sängermanier wohl selten zufrieden sein mögen. Ich gestehe Ihnen aber, daß ich hierin nicht ganz Ihrer Meinung sein kann: zu große, zu schlichte Einfalt würde mich zurückstoßen, ich will den Virtuosen vernehmen, der die Musik und seine Stimme beherrscht. Wie der Deklamator nicht bloß ruhig ablesen soll, sondern durch Erhöhung und Senkung der Stimme, durch kleine Pausen, durch rollende Töne erst zum Schauspieler wird und das zur Kunst erhöht, was der ganz gute Vorleser doch in der niedrigen Region stehen lassen muß.«

»Sie haben gewiß recht«, erwiderte der Laie, »vorausgesetzt, daß es wirklich das sei, was ich Deklamation im Schauspiel oder Vortrag des Gesanges nennen kann. Was uns der Graf aber neulich als falschen und schlechten Ausdruck schilderte, muß ich freilich auch als meine Meinung unterschreiben. Und ist es denn in unsern Schauspielen anders? Wie denn überhaupt wohl nie Gebrechen und Vorzüge eines Zeitalters einzeln stehn können, sondern jede Kunst wird eine Abspiegelung der andern sein, und selbst Staat und Geschichte müssen ebenfalls alle Gesundheits- oder Krankheitsstoffe wieder in ihrem großen, verschlungenen Gewebe nachweisen. Ebenso wie der Sänger schreit und seufzt und selten das Gefühl im ganzen ausspricht, welches die Arie oder das Duo von ihm fordert, so auch der Schauspieler; dieser hilft sich auch durch einzelne übertriebene Accente, herausgehobene Worte, stark unterstrichene Stellen und muß darüber den Sinn des Ganzen fallen lassen, wodurch die Szene wie die einzelnen Stellen für den Kenner nüchtern und trivial werden. Denn wo gibt es jetzt wohl noch Schauspieler, an deren Leidenschaft man glaubt, die uns täuschen und in ihrem hohlen, abgepufften Ton nur irgend Wahrheit sprechen? Ja, unser Freund Wolf sowie seine Gattin[55] machen hievon eine ehrenvolle Ausnahme, so sehr, daß sie fast schon einzeln in Deutschland dastehn, wenn auch hie und da ein Talent sich zeigt, das aber immer

---

[54] Damit kann hier nur der Kapellmeister oder der Komponist gemeint sein, nicht der Italiener; vielleicht Schreibfehler des Dichters.

[55] Pius Alexander Wolf (1781-1828), ausgezeichneter Schauspieler der weimarschen (Goetheschen) Schule, Verfasser der »Preciosa«. Seine Frau Amalie Wolf, geb. Malcolmi (1780-1851). Ein Gastspiel des Ehepaars zu Dresden im Entstehungsjahr der Novelle (1822). Vgl. auch »Briefe an Tieck« 4, 312 ff.

nur zuzeiten jener Manier widersteht, die unser Theater beinah'
schon völlig zerstört hat. Nicht, daß sich nicht viele Schauspieler
bemühten, aber es ist hier ebensowohl wie im Gesange eine falsche
Schule entstanden, die Ausdruck, Empfindung durch Einzelheiten,
die nicht in der Sache selbst liegen, erregen will und darüber das
Ganze verdunkelt und, wenn wir uns strenge ausdrücken wollen,
die Absicht der Kunst, ja diese selber vernichtet.«

»Sie haben vollkommen recht«, rief der Kapellmeister; »aber machen es denn meine Handwerksgenossen, die Komponisten selbst,
anders? Kaum ein Lied wissen sie mehr zu setzen, wo sie nicht jede
Strophe neu komponieren, gewaltsam accentuieren, innehalten,
abbrechen und in gesuchte und fernliegende Tonarten übergehn,
um nur, wo sie die Empfindung wahrnehmen, so starke Schlag-
schatten hinzumalen, daß man diese Stellen nun zwar nicht über-
sieht, aber auch gewissermaßen mehr Schwärze als Farbe gewahr
wird. Als wenn es dem Sänger nicht müßte überlassen bleiben, auch
im wiederkehrend Einfachen eine leise Variation anzubringen, oder
als wenn das nicht eben das musikalische Gefühl in unserer Natur
wäre, in diesen sich wiederholenden Klängen ohne weiteres vermö-
ge unsrer Liebe zu ihnen das Mannigfaltige zu empfinden.«

»Sehr wahr«, fügte der Laie hinzu, »aus demselben Unglauben
fürchtet auch mancher geniale Musiker, wie der herrliche
Beethoven, nicht neue Gedanken genug anbringen zu können, deshalb läßt er so selten einen zu unsrer Freude ruhig auswachsen,
sondern reißt uns, ehe wir kaum den ersten vernommen, schon zum
zweiten und dritten hin und zerstört so, wie oft, selbst seine schönsten Wirkungen. Sehn wir sogar auf die Goetheschen Lieder, die er
gesetzt hat:[56] welche Unruhe, welche scharfe Deklamation, welches
Überspringen. Ich möchte diesem trefflichen Manne sowie manchem andern nicht gerne Unrecht thun, aber die Reichardschen

---

[56] Ludwig van Beethoven (1770 1827) hat folgende Goethesche Lieder komponiert: »Mailied«, »Marmotte«, »Mignon«, »Neue Liebe, neues Leben«, »Es war
einmal ein König« (»Faust«), »Wonne der Wehmut«, »Was zieht mir das Herz
so«, »Mit einem gemalten Bande«, Die beiden Klärchen-Lieder (»Egmont«), »Nur
wer die Sehnsucht kennt« und (mehrstimmig) »Bundeslied«.

Melodieen[57] zu den meisten dieser herrlichen Gesänge haben sich mir so eingewohnt, daß ich mir diese Gedichte, vorzüglich die frühern, nicht anders denken und singen kann.«

»Wenn Sie so gesinnt«, nahm die Tochter das Wort, »und die übertriebene falsche Gelehrsamkeit verwerfen, den Ausdruck schelten, der sich vordrängt und darüber Melodie und eigentlichen Gesang verdunkelt, so hätten Sie ja nun selbst meinen geliebten Rossini gerechtfertigt.«

»*O divino maestro! O pui che divino Rossini!*«[58] rief begeistert und mit verzerrtem Gesicht der alte Italiener. »*Eccolo il vero!*[59] den ausgemachten Wunderdoktor des Jahrhunderts, der uns verirrte Schafe wieder auf die rechte Straße bringt, der alle die falsche deutsche Bestrebunge maustot schlagt, der mit himmlische, unerschöpfliche Genie Oper über Oper, Kunstwerk auf Kunstwerk häuft und sich Pyramid oder Mausoleum erbaut, worunter nachher alle die ausdrucksvolle, gedankenreiche und seelenmäßige Klimperlinge auf ewig begraben liegen.«

»O wie wahr!« rief der Enthusiast, »ich habe mir schon oft vorgenommen, keinen andern Komponisten mehr anzuhören, so entzückt hat mich jedes seiner Werke, es kam mir nur unbillig vor, da ich doch selber ein Deutscher bin, mich so feindlich meinen Landsleuten gegenüberzustellen.«

»Was hat die Landsmannschaft damit zu thun?« sagte der Laie. »Manche Italiener, die gern eine Partei formieren möchten, haben es freilich bequem, wenn sie den Mozart oder gar Gluck zu den Ihrigen rechnen und so gegen Bestrebungen zu Felde ziehn wollen, die ihnen im Wege stehn. Gibt es aber eine wahrhaft deutsche Oper, eine Musik, die wir uns als national durchaus aneignen müssen, so ist es eben die Mozartsche, und es ist sehr gleichgültig, daß der

---

[57] Johann Friedrich Reichardt (1722 1814), der Schwager von Tiecks Frau, hat etwa 60 Goethesche Lieder gesetzt; seine einfachen Kompositionen waren sehr beliebt, bis sie durch die Beethovens und Schuberts verdrängt wurden.

[58] O göttlicher Meister! o mehr als göttlicher Rossini! Giacchino Rossini (1792 1868); sein Kultus stand schon damals (1822) in höchster Blüte; »Tancred«, »Italienerin in Algier«, »Barbier von Sevilla«, »Otello«, »Diebische Elster« etc. wurden überall bejubelt.

[59] Das ist der Wahre!

»Don Juan« ursprünglich für italienische Sänger geschrieben wurde. Italien hat auch deutlich g'nug bewiesen, daß es diesen großen und reichen Geist nicht fassen und lieben konnte. Mozart, Gluck, Bach, Händel und Haydn sind echte Deutsche, die wir uns niemals dürfen abdisputieren lassen, und ihre Kompositionen sind, recht im Gegensatz gegen die italienischen, wahrhaft deutsche zu nennen.«

»Und dann«, fügte der Kapellmeister hinzu, »kann man gern dem Rossini Talent und Melodie zugestehen, wenn der Lobpreisende auch uns zugibt, daß ihm in seiner Eile alles das abgehe, was den Komponisten erst zu einem dramatischen macht. Regellos, willkürlich ist er durchaus und achtet weder Zusammenhang noch Charakter, ja ich fürchte, in diesem leichten und wilden Spiel bestehe sein Talent, sowie das mancher dramatischen Schriftsteller, und ihn zwingen wollen, konsequent zu sein, dem Charakter und Inhalt gemäß zu komponieren, hieße nur, ihm das Komponieren selbst untersagen.«

»Sein schneller Ruhm«, sagte der Laie, »ist wohl nur entstanden, weil eben der echte Sinn für Musik unterzugehen droht. Denn wie kann man sich doch nur mit diesem völligen Mangel an Stil vertragen, der allen seinen Melodieen einen so niedrigen, geringen Charakter aufdrückt? Seine Sangstücke sind großenteils sangbar, ja recht bequem für unsere jetzigen Sänger geschrieben, aber sehr häufig setzt er auch nur, so vielen andern ähnlich, wie für Instrumente, und wenn sein Beifall noch lange währt, so wird er auch noch dazu beitragen, die Sänger völlig zu verderben, ja auch wohl den guten und edlen Vortrag der Instrumente, weil er alles so kleinlich und geringe behandelt. Der Sinn für Musik erwachte bei uns auf eine schöne Weise, er kräftigte sich, und es war uns vergönnt, Gluck zu verstehn und uns völlig anzueignen, eine so große Erscheinung, wie Mozart, entstand und vollendete sich vor unsern Augen, Haydns tiefsinniger Humor in seinen Instrumentalkompositionen ergriff alle Freunde der Kunst, des großen Händels Werte wurden wieder studiert, und selbst die Dilettanten fühlten sich von seiner Kunst entzückt, die das Mächtige, Gewaltige erstrebt, jeden kleinlichen Reiz verschmähend; wir sahen Anstalten gedeihen, die auch die alte Kirchenmusik, die herrlichen Werte der verstorbenen großen Meister wieder ertönen ließen, es schien, daß auf immer der Geschmack am Großen und Edeln gerettet sei. Nur hatte sich indessen die Menge auch mit der Musik scheinbar vertraut gemacht, und diese kann, wenn sie sich eine edle Sache aneignet, immer nur bis auf eine gewisse Weite mitgehn, dann wird sie notwendig das Ergriffene in etwas Geringeres verwandeln, das ihr zusagt. Ehemals hatten wir nur Kenner und oberflächliche Liebhaber in Deutschland, jetzt aber entstand eine Halbkennerschaft statt der Freunde, die sich unschuldig ergötzten. Diese anmaßlichen Kenner haben mit lauter schreienden Stimmen nach und nach das Wort der wahren Musikfreunde verdrängt, ja diese gelten den neuem Enthusiasten wohl gar für eigensinnige oder gefühllose Kritiker, die aus Neid und Mißlaune die glänzenden Erscheinungen der neuesten Zeit nicht anerkennen wollen. Darum hat auch in meiner Vaterstadt, in Berlin, Rossini am meisten Widerspruch gefunden, weil durch des unvergeßlichen Fasch herrlichen Eifer dort die treffliche Musikakademie gegründet wurde, die unser Freund, der wackre Zelter,[60] nach dessen Tode in demselben Sinne fortgeführt hat. Durch die Vergegenwärtigung der alten Meisterwerke, durch den einfachen, edlen Gesang, der dort bekannter ist als anderswo, sind die zahlreichen Mitglieder zum Bessern verwöhnt und können sich unmöglich dem zierlich Nüchternen hingeben.«

»Sie werden es mit meiner Tochter völlig verderben«, sagte der Baron lächelnd, »denn sie meint, wo nur Effekt sei, da wäre es lächerlich, zu fragen, ob die Wirkung auch stattfinden dürfe.«

»Sie hat vollkommen recht«, antwortete der Laie, »ich aber auch, wenn ich behaupte, die Wirkung müsse gar nicht eintreten. Um diesen Punkt dreht sich die Kritik in allen Künsten.«

»Darum ist es ein Glück zu nennen«, antwortete der Baron, »ja gewissermaßen eine weise Lenkung des Kunstgenius, daß ein großer Komponist sich diesem kleinlichen Unwesen so mächtig gegenüberstellt und das so ausgezeichnet besitzt, Stil nämlich, was jenem ganz abgeht. Ich spreche von dem nicht genug zu lobenden Spontini.[61] Es läßt sich hoffen, daß von dieser Seite durch mächtige Wir-

---

[60] Karl Friedlich Christian Fasch (1736-1800) begründete 1792 die Berliner Singakademie, sein Nachfolger Karl Friedrich Zelter (1758 1832), Goethes Freund, die Berliner Liedertafel und das königliche Institut für Kirchenmusik

[61] Gasparo Spontini (1774 1851), seit 1820 Generalmusikdirektor in Berlin, Komponist der Opern: »Die Vestalin«, »Ferdinand Cortez«, »Olympia«

kungen der Sinn der Deutschen wieder gehoben und ihr Wohlgefallen an diesem Melodieenkitzel beseitigt werden.« Der Laie schien so in Eifer geraten zu sein, daß er allein das Wort führen wollte. »Gewiß«, sagte er lebhaft, »wäre es lächerlich, wenn man diesem Manne ein ausgezeichnetes Talent absprechen wollte, und über die Verdienste seiner ›Vestalin‹ läßt sich vieles sagen und streiten. Aber daß er im ›Cortez‹ und nachher noch gewaltiger ein Brausen und Lärmen der Instrumente, ein Überschreien der Stimmen, ein Aufkreischen, ein wildes Getümmel uns hat für Musik geben wollen, scheint mir ebenfalls ausgemacht. Man kann schwerlich im voraus bestimmen, wie viel oder wenig unser Ohr von Instrumentalmusik vertragen soll, denn Mozart hat die meisten seiner Vorgänger überboten, und es gab früherhin auch Kunstfreunde, die bei ihm über zu große Fülle klagen; und schon lange vor diesem hat der große Händel außerordentlich viele Instrumente in Anspruch genommen, um seine erhabenen Gedanken auszusprechen. Aber bei diesen war die Fülle der Töne doch Musik, ein Anschwellen, ein Heranbrausen, ein Abdämpfen und Zurücksinken in eine gewisse Stille und Ruhe, aber nicht dieses ununterbrochene, nie rastende Wüten aller Kräfte ohne Vorbereitung, Inhalt und Bedeutung, welches nur betäuben kann, und dessen Macht und Gewaltsamkeit mehr erschreckt und ermüdet als erhebt und erschüttert. Geht der berühmte neuere Komponist hiebei nur gar zu oft auf leeren Effekt und Schreckschuß aus, so wie manche Schauspieler und Schauspieldichter, wirkt er nur einzig und allein durch große Massen, so ist er zwar wohl nicht der Wandnachbar Rossinis, aber sie reichen sich denn doch aus einer gewissen Entfernung befreundet die Hände und stehn sich nicht als feindliche Kräfte einander gegenüber. Wohl uns, daß unser hochgeehrter Maria Weber[62] uns zu den schönsten Erwartungen berechtigt, der in dem, was er schon trefflich geleistet hat, so glänzend zeigt, wieviel er in Zukunft noch vermag.«

Nun erhob sich die Tochter mit allen Tönen, und der Vater stand ihr bei, um den Laien in die Enge zu treiben, der ihre Lieblinge so

---

[62] Karl Maria von Weber (1786-1826), seit 1816 Direktor der von ihm begründeten Deutschen Oper in Dresden. »Der Freischütz« wurde in Berlin am 18. Juni 1821, in Dresden am 28. Januar 1822 zum erstenmal aufgeführt, »Preciosa« in Berlin am 14. März 1821, in Dresden am 27. Juni 1822; »Euryanthe« erschien erst 1823.

keck angegriffen hatte, ohne doch vom Metier zu sein, da er sein ehemaliges Violinspielen selber nicht in Anschlag zu bringen wage. Unter lautem Lachen wurde disputiert und behauptet, der Teufel sei ein für allemal unmusikalisch, die Kugelgießerei und der Lärmen[63] dabei schlimmer, als was je auf dem Theater getobt, und der Musik, die ganz Deutschland wie verwirrt gemacht, fehle die Mannigfaltigkeit, ein heiteres Element, ja auch jene Ironie, wodurch Mozart erst seine ungeheure Dichtung des »Don Juan« zu diesem einzigen Werke gebildet habe, so daß bei diesem durch Gegensätze sich Inhalt und Behandlung rechtfertigen, was dort ganz aus der Acht gelassen sei.

Der Kapellmeister nahm sich des armen Laien, der hierauf wenig zu erwidern wußte, oder den man vielmehr nicht zu Worte kommen ließ, freundlichst an und meinte, eine Vergleichung auf diese Weise anzustellen, sei unbillig, weil das neue Kunstwerk gar nicht die Absicht habe, sich neben jenes ungeheure zu stellen. »Überschreitet auch die angefochtene Szene«, fuhr er fort, »welche gerade die Menge herbeigelockt hat, die Grenzen der Musik, so ist doch übrigens des Vortrefflichen, des echten Gesanges, des Neuen und Genialischen, vorzüglich aber des wahrhaft Deutschen im besten Sinne so viel, daß ich vollkommen in das Lob unsers unmusikalischen violinspielenden Laien einstimmen muß, der manches wohl eben deswegen bestimmter empfindet und kecker ausspricht, weil er niemals vom Handwerk gewesen ist und selbst nicht als Dilettant hineingepfuscht hat, da er sich doch bescheidet,[64] in die eigentlich grammatische Kritik einzugehn. Sollte keiner als nur Musiker mitsprechen dürfen, so würde ja auch für diese nur komponiert, und das werden wir uns doch wohl sowie alle Künstler verbitten, nur für die Zunftgenossen zu arbeiten, um von ihnen empfunden und verstanden zu werden.«

»Könnte ich nur«, fing der Laie wieder an, »den sanften Genuß wieder haben, den mir ehemals die ›Lila‹ des Martini gewährte. Diese idyllische, reine und heitere Musik wäre nach so manchem Ungetüm unsrer Theater eine wahre Erquickung. Wie würde ich mich freuen, Paisiellos ›Barbier von Sevilla‹ wieder zu vernehmen,

---

[63] In der Wolfschluchtszene im »Freischütz«.

[64] Versagt, nicht begnügt.

und es kränkt mich innig, daß man eine solche Komposition nicht als eine klassische verehrt, die nun einmal für allemal fertig ist, und an die sich keiner von neuem wagen dürfte. Denn ist bei Rossini[65] auch hier und da vielleicht ein Moment brillanter, so ist doch der dramatische Sinn des Ganzen, die Bedeutung untergegangen und nichts gegeben, was sich dem Humor in der Rolle des Alten, nur irgend vergleichen dürfte. Die Verwöhnung der gehäuften Instrumente läßt aber befürchten, daß man, wenn man auch einmal diese trefflichen alten Sachen geben möchte, Zusätze zur Begleitung macht, oder diese wenigstens verstärkt. Hier und da habe ich schon murmeln hören, daß Gluck dergleichen bedürfe. Mozarts ›Figaro‹[66] ist schon in Violinen und andern Instrumenten doppelt so stark besetzt worden, als es der Komponist vorgeschrieben hat, bei dieser heitern Musik um so unpassender, weil dadurch der Witz, das wundersam Leichte und Heitere des Gesanges gestört wird. Es ist, als wollte man treffliche Brillanten aus ihrer leichten Fassung nehmen und sie, um sie zu ehren, in schweres Gold schmieden. Oder als riefe man sich witzige und launige Einfälle durch ein Sprachrohr zu.«

Man sang zum Beschluß noch einiges, und die Gesellschaft trennte sich. Beim Abschiede sagte der Baron zum alten Italiener: »Auf Wiedersehn!« Doch dieser schüttelte den Kopf und wies mit dem Finger nach oben. Der Laie ging nach seinem Hause, weil es schon spät war und er in der kalten Nacht an einem Abenteuer, an welches er nicht glauben mochte, nicht teilnehmen wollte. Der Kapellmeister und der Graf wandelten aber mit dem wunderlichen Alten durch die ruhige Stadt, ließen sich das Thor öffnen und begaben sich nun nach dem Tannenwalde, wo der Lebensüberdrüssige seine Laufbahn eigenmächtig zu vollenden drohte. Als sie unter den finstern Bäumen standen, sagte der Graf: »Nun, Alter, seid Ihr wieder gescheit geworden, wollt Ihr nun nicht lieber zu Bette gehn?«

»In die Ewigkeit thu' ich mich hineinlegen«, sagte der Italiener, »und das liebe Vergessen, Ruhe, tiefer, tiefer Schlaf werden wie Flaumen eines Daunenbetts um mich zusammenschlagen. Adieu, Eccellenza! lebt wohl, thörichter Kapellmeister, der Ihr die schöne

[65] Rossinis »Barbier von Sevilla« in Berlin 1822, in Dresden erst 1825 aufgeführt.

[66] Am 14. September 1790 zum erstenmal in Berlin aufgeführt

Gelegenheit nicht benutzt, allen Euren Jammer, Partituren, Noten, Pausen, Tonarten, Sänger und Sängerinnen los zu werden. Nun laßt mir ein bissel noch über meinen Zustand nachdenken, und dann rufe ich euch wieder; Kapellmeister kommandiert Eins, Zwei, Drei, und beim Worte Drei, deutlich ausgesprochen, langsam, feierlich, laut, daß liebe Echo auch etwas davon abkriegt und mitspricht, schieß' ich mich die ganze Pistole in meinen dummen Kopf hinein.«

»Ihr werdet doch nicht«, sagte der Kapellmeister, »so abgeschmackt wie der Hanswurst in der Kreuzerkomödie[67] sterben wollen?«

»Gerade so muß es geschehen«, sagte der Alte und legte sich in einen Sandgraben nieder. Die beiden Begleiter gingen tiefer in den Wald, die Nacht war still, kein Wind wehte, ein ganz leiser Hauch rührte zuweilen die Zweige an, so daß die Nadeln der Tannen in sanften Tönen lispelten, das Flüstern fortlief und, indem sich dann der Wald in allen Stämmen bewegte, wie ferner Orgelton verhallte. »Feierlich genug ist die Stunde«, sagte der Musiker. »Eine wundersame Empfindung«, erwiderte leise der Graf, »hat den ganzen Abend in mir fortgeklungen: vielleicht bin ich dem Tode näher als jener alte Wahnsinnige, denn noch nie war mir mein Dasein so abgestanden und leer, so jedes Reizes entkleidet. Ich glaube nun auch, daß jenes himmlische Wesen, welches ich schon lange suche, gestorben ist.« »Still!« rief jener, »hörten Sie nicht Musik? »Vielleicht die fernen Glocken.«

»Nein«, sagte der Kapellmeister gehend, »ich höre es deutlicher; und nun erinnere ich mich, hier wohnt der unkluge Alte nicht fern, in dessen Häuschen ich bei meiner Ankunft schon morgens um fünf Uhr einen herrlichen Diskant vernahm.«

Der Graf war tief bewegt. »Jetzt kommt! kommt!« schrie der Italiener, »mein Ermorden soll ein bißchen seinen Anfang nehmen!« »Schießt Euch tot oder hängt Euch!« rief der Graf zurück, »wir haben jetzt etwas Besseres zu thun, als Eure Possen anzuhören.«

Sie gingen weiter, drängten sich durch Baum und Strauch, und der neugierige Italiener hatte sich zu ihnen gesellt. Jetzt tönte ihnen schon bestimmter der Gesang entgegen, und der Graf zerriß sich

---

[67] Komödie, für die der Eintritt einen Kreuzer kostet; hier das Puppentheater.

Hände und Gesicht, um nur aus den Gesträuchen zu kommen, in denen er sich aus Eifer immer tiefer verwickelte. Er drängte endlich hindurch und stand in der Nähe des Häuschens, dessen kleine Fenster erleuchtet waren. Der treffliche Psalm Marcellos: »*Qual anhelante*«[68] tönte ihnen voll und rein entgegen, so einfach, so edel vorgetragen, daß der Kapellmeister erstaunt und hingerissen kaum atmete. »Sie ist es! sie ist es! meine Einzige!« rief der Graf in der größten Erschütterung aus und wollte sich dem Hause nähern, aber der Kapellmeister hielt ihn fest, klemmte sich an ihn und warf sich dann zu seinen Füßen nieder, die er umarmte, und rief: »O bester, glücklichster Graf! Heiraten Sie sie also, wie Sie gelobt haben; aber gönnen Sie mir vorher das einzige Glück, daß sie erst die Geliebte in meiner ruinierten Oper singt; dann will ich gern sterben, denn eine solche Stimme gibt es auf Erden nicht mehr.«

Der Graf strebte zum Hause hin, und der Kapellmeister ließ endlich sein ungeduldiges Bein los. Sowie er auf die Wohnung losstürzte und an die kleine Thür klopfte, verstummte der Gesang. »Macht nicht so viel Umstände«, sagte der Italiener, »der Singsang ist nicht der Mühe wert, man sieht wohl, daß Ihr meine Selige nicht gekannt habt.« Der Kapellmeister, der jetzt ebenso außer sich war, wie der Graf selbst, klopfte mit diesem wetteifernd an die Thür, und da sich beide in den Kräften überboten und das Tempo immer schneller nahmen, so entstand dadurch ein sonderbares Konzert in der ruhigen Nacht. Im Hause war alles still, endlich aber schien man drinnen doch die Geduld verloren zu haben, denn ein Fenster öffnete sich, und eine leise, heisere Stimme sagte: »Was gibt's da? Seid ihr betrunken?« »Laßt uns ein!« rief der Graf. »Hinein müssen wir!« schrie der Kapellmeister; »wo ist die Sängerin?« der Graf; »ich habe sie schon am Morgen neulich gehört«, der Kapellmeister, »als Ihr mir sagtet, es sei des Teufels Großmutter.« »Aber hinein müssen wir!« vereinigten sich nun beide. »Seid ihr rasend?« rief die erhöhte Stimme des Alten, und in diesem Augenblick schrie der Italiener lauter als alle: »Hortensio! Hortensio! haben wir Euch endlich erwischt? Nun bleib' ich am Leben! Mag sich umbringen, wer Lust hat, ich halte mich an Euch, altes Fell!«

---

[68] Vgl. S. 357, Anmerkung 3. »Qual anelante corvo etc.«, Anfang des 42. (41.) Psalms: »Wie der Hirsch schreit« u.s.w. Marcellos Komposition der Paraphrase ist für 2 Stimmen in 7 Sätzen eingerichtet.

»Ich bin der Graf Alten«, schrie der Liebhaber; »ich der Kapellmeister!« rief sein Begleiter, »laßt uns nur hinein, daß wir die Sängerin sehn!«   »Kommt herab!« rief der Italiener, »daß wir beide unsre Bekanntschaft erneuern können.«

»Mein Himmel!« ächzte der Greis, »so nach tiefer Mitternacht? Meine guten Herren, wenn Sie bei mir was zu suchen haben, so kommen Sie doch morgen, wenn der Tag scheint.«

»Gut«, sagte der Graf beruhigter, »morgen früh!« Der Kapellmeister fand sich auch in den Vorschlag, und als sie friedlich wieder fortgingen, sagte der Italiener: »Ich bleibe die Nacht hier draußen und passe ihm auf. Morgen früh machen wir alle unsern Besuch.«

Wie erstaunten, erschraken am folgenden Tage der Graf und der Musiker, als sie das Haus verlassen und öde fanden; noch vor Tage, sagte die alte Aufwärterin, seien die beiden Bewohner ausgezogen und haben in größter Eil' alle Sachen fortschaffen lassen. Auch der Italiener zeigte sich nirgend.

Ein schöner, heiterer Herbsttag war aufgegangen, die Sonne schien in dieser späten Jahreszeit noch so warm wie im Sommer, und dies bestimmte den Laien, mit seiner Tochter in das naheliegende Bergthal[69] zu fahren. Auf einem kleinen Mietpferde sahen sie in der Entfernung den Enthusiasten auch mit nachflatterndem Kleide auf dieselbe Gegend zusprengen. »Der Himmel verhüte nur«, bemerkte der Laie zu seiner Tochter, »daß der Schwätzer nicht ebenfalls in jenem Thale verweilt, weil er uns sonst mit seinen heftigen Reden und Schilderungen den Tag verderben würde.«

»Wir müssen uns schon darauf gefaßt machen«, erwiderte die Tochter, »denn er sagte mir neulich, daß er diese Gegend vorzüglich liebe und sie oft besuche.«

»Wie sind diese Menschen doch so lästig«, fuhr der Laie fort, »die eben, weil sie gar nichts empfinden, über alles in Hitze geraten können. Aber mehr noch als bei Kunstwerken stören sie mich in der Natur, die am meisten ein stilles Sinnen, ein liebliches Träumen erregt, in der ein vorüberschwebender Enthusiasmus und Behaglichkeit sich ablösen und sie unsern Geist fast immer in eine beschauliche Ruhe versenken, in welcher Passivität und schaffende Thätigkeit eines und dasselbe werden; dazu der Anhauch einer großartigen Wehmut in der Freude, so daß ich in der schönen Landschaft gegen diese beschreibenden Schwätzer oft schon recht intolerant gewesen bin.«

»Sie stören fast ebensosehr wie die unerträgliche Musik«, antwortete das Mädchen, »da man so oft in der Nähe der Gebäude Tänze oder kreischende Arien vernehmen muß.«

Als sie angekommen waren, sprang ihnen der berührige Enthusiast schon aus dem Hause entgegen. »O wie schön«, rief er aus, »daß Sie diesen herrlichen Tag auch benutzen, der wahrscheinlich der letzte helle dieses Jahres ist. Lassen Sie uns nur gleich an den murmelnden Bach gehn und dann von der Höhe des Berges das Thal überschauen. Es ist eine Wonne, die Schwingungen der Hügel, den kleinen Fluß, das herrliche Grün und dann die Beleuchtung zu sehn und zu fühlen. Gibt es wohl ein Entzücken, das diesem gleich oder nur nahe kommen kann?«

---

[69] Tieck denkt wohl an den Plauenschen Grund bei Dresden.

»Ich will mit Ihnen gehen«, erwiderte der Laie, »aber nur unter der Bedingung, daß Sie mich mit allen Schilderungen und begeisterten Redensarten verschonen. Wie können Sie überhaupt nur immer so vielen Enthusiasmus verbrauchen? Es ist nicht möglich, wie Sie auch neulich gestanden haben, daß Sie so viel empfinden.«

»Bei der Kunst«, sagte der Enthusiast, »setzt man freilich wohl hie und da, dem Künstler zu gefallen, etwas zu, aber in der himmlischen Natur nein! da kann doch keine Zunge Worte genug finden, um nur einigermaßen das wiederzugeben, was im Herzen aufgeht. Ich habe es aber schon seit lange bemerkt, daß Sie kein großer Freund der Natur sind, denn wie konnten Sie nur sonst, wie ich schon so oft gesehen habe, daß Sie thun, beim schönsten Frühlingswetter in das dumpfe Theater kriechen, um eine Oper zu hören oder sogar ein mittelmäßiges Schauspiel zu sehen, über welches Sie nachher selber Klage führen?«

»Weil es mir an solchem Tage«, antwortete jener, »darum zu thun ist, ein Schauspiel zu sehen, und ich dies mit dem Genusse der Natur dann nicht vereinigen kann und mag. Auch gestehe ich Ihnen, daß ich oft in der schönsten Natur bin, ohne sie mit den geschärften Jägeraugen in mein Bewußtsein aufzunehmen, wenn mich ein heiteres Gespräch beschäftigt, oder ich auf einsamem Spaziergang etwas sinne, oder ein Buch meine Aufmerksamkeit fesselt. Glauben Sie nur, unbewußt, und oft um so erfreulicher, spielt und schimmert die romantische Umgebung doch in die Seele hinein. Wenn wir uns überhaupt immer so sehr von allem Rechenschaft geben sollen, so verwandelt sich unser Leben in ein trübseliges Abzählen, und die feinsten und geistigsten Genüsse entschwinden.«

»Hm! Sie mögen nicht ganz unrecht haben«, sagte der Enthusiast nachsinnend, »wenn ich nur nicht einmal den Charakter der Heftigkeit angenommen hätte und bei allen meinen Bekannten als ein Eiferer gölte, so wollte ich mir das Wesen wieder abzugewöhnen suchen. Es ist aber denn doch auch fatal, wenn man, so wie Sie, für einen Phlegmatiker gilt. Da Sie also nichts von Naturbegeisterung hören wollen, so will ich Ihnen lieber erzählen, daß ich schon vorhin, ehe Sie kamen, eine sonderbare Erscheinung hier bemerkt habe. Ein junges, wunderschönes Mädchen stand dort oben auf dem Hügel, sah immerdar auf den Weg hin, der zur Stadt führt, und weinte dann heftig. Sie erregte mein lebhaftestes Mitgefühl, ich ging zu ihr, aber so sehr ich auch in sie drang, so konnte ich sie doch nicht bewegen, mir eine vernünftige Antwort zu geben oder mir zu erzählen, was sie hier mache, wie sie hergekommen sei und wen sie hier erwarte. Und ich war doch so ganz außerordentlich neugierig, vorzüglich, weil ich dies junge, außerordentlich reizende Frauenzimmer neulich schon bei unserm Baron in der Gesellschaft gesehen habe, wo sich der verwirrte, melancholische Graf viel mit ihr zu schaffen machte. Sehn Sie, sie steigt schon wieder den Hügel hinan, um ihre Beobachtungen anzustellen.«

Mit Zierlichkeit und Grazie schwebte die Gestalt die grüne Anhöhe hinauf, und ihre vollen, braunen Locken, ihr leuchtendes Auge, das einfache Gewand und die Gebärde wirkten mit unbeschreiblichem Zauber in der anmutigen Landschaft. Die Tochter fühlte sich bewegt, als sie das schöne Wesen wieder weinen sah, die Thränen stiegen ihr selbst in die Augen, als die Unbekannte jetzt im Ausdruck des höchsten Schmerzes die Hände rang und sich jammernd auf den Rasen niedersetzte. »Lassen Sie uns hinaufsteigen«, sagte der Laie, »das arme Wesen bedarf unsers Trostes und Beistandes, meine Tochter soll sie anreden, wir aber, Herr Kellermann, wollen uns fürs erste schweigend Verhalten und die Betrübte am wenigsten mit zudringlichen Fragen ängstigen.« Die Tochter ging zu ihr, und die Fremde bekannte, daß sie ihren alten Vater aus der Stadt erwarte und nicht begreife, wie er so lange zögern könne, da er ihr diesen Ort angewiesen habe, wo sie zusammentreffen wollten, um weiter zu reisen.

»Sie wollen also unsre Gegend verlassen«, fragte der Laie, »da Sie doch, soviel ich weiß, nur kürzlich angekommen sind?«

»Ach! mein Herr«, antwortete die schöne Fremde klagend, mein lieber Vater leidet schon seit lange an einer schweren Melancholie, an Menschenfeindschaft und tiefem Lebensüberdruß; so zieht er seit einigen Jahren von Ort zu Ort, verarmt immer mehr, wird immer kränker, versagt sich selbst alle Hülfe und will auch mir das Glück nicht gönnen, ihm beizustehn, da ohne diesen starren Willen meine Talente sein Leben wohl unterstützen könnten. Denn mein Gesang und die Musik überhaupt machen das Unglück meines Lebens.«

»Sie singen also doch?« fragte der Laie sehr lebhaft.

»Meine Trauer, mein tiefer Schmerz«, erwiderte die schöne Klagende, »sind schuld, daß ich mein Gelübde gebrochen habe. Ich habe meinem Vater geloben müssen, niemals zu gestehen, daß ich singe, auch niemals, außer wenn er zugegen ist und es mir erlaubt, einen Ton anzuschlagen. Wir wohnten deshalb von der Stadt entfernt, wir vermieden allen Umgang, nur neulich war ich zufällig im Hause des Baron Fernow, wo ein Fremder, ein feiner, anständiger Mann mich über die Gebühr mit Fragen und Aufforderungen zum Singen ängstigte. In der letzten Nacht, als ich, wie ich glaube, in der höchsten Einsamkeit einen Psalm Marcellos einübe, entsteht vor dem Hause ein Getümmel, wir halten die Leute für Räuber oder Trunkene, der Graf nennt sich endlich und will eingelassen sein, noch einige andere toben ebenso laut, und mein Vater kann sie endlich nur beruhigen, indem er ihnen verspricht, am Morgen ihren Besuch anzunehmen. Kaum sind sie fort, so muß alles in der größten Eile eingepackt werden, noch in der Nacht werden Fuhrleute gemietet, unsre wenigen Sachen hieher zu fahren, am Morgen muß ich nachreisen, und er verspricht, in wenigen Stunden ebenfalls hier zu sein, weil er in der Stadt noch unsere Reisepässe besorgen müsse. Hier erwarte ich ihn nun schon manche Stunde, gewiß ist er krank, ein Unglück ist ihm zugestoßen, und ich weiß in meiner Angst nicht Rat noch Hülfe; wo soll ich ihn wiederfinden?«

Der Laie suchte sie zu beruhigen. Er schlug vor, im Gasthause bis nach Tische den Alten zu erwarten, dann solle sie mit ihm und seiner Tochter zurückfahren; da nur ein Weg zur Stadt führe, so müßten sie dem Vater begegnen, wäre dies nicht der Fall, so solle die Fremde in seinem Hause absteigen, indessen er selbst Erkundigungen einzöge. Auf sein eindringliches Zureden und der Tochter schmeichelnde Liebkosungen wurde sie ruhiger und ging mit ihnen in den Gasthof, Bei Tische wurde man sogar guter Laune, nur verweigerte die Fremde auf die unbescheidene Bitte des Enthusiasten, zu singen, weil dies gegen ihr heiliges Versprechen laufe. Man sprach dann viel über die neulichen Musikstücke, die der Kapellmeister im Hause des Barons habe probieren lassen, sie lobte die Komposition als großartig, tadelte aber die Manier der Sänger. »Es kann sein«, beschloß sie ihre Kritik, »daß ich hierüber völlig im Irrtum bin, aber nach den Grundsätzen meines Vaters und nach der Gesangsweise, die ich nach seinem Unterricht ausüben muß, ist jene

Manier ebenso klein als willkürlich. Ja, dürfte ich einmal (aber dazu ist mein Vater auf keine Weise zu bewegen) eine Opernrolle, wie diese des Kapellmeisters, singen, so schmeichle ich mir, daß ich eine große Wirkung hervorbringen würde, und vielleicht um so größer, weil diese Art jetzt ganz vergessen ist und die Neuheit um so mehr erschüttern mochte.«

»Wenn Sie diejenige sind«, erwiderte der Laie, »für welche ich Sie jetzt halten muß, so können Sie einen gewissen enthusiastischen Mann, wenn es übrigens Ihre Gesinnung erlaubte, unbeschreiblich glücklich machen.«

Die Schöne wurde rot, und der Enthusiast Kellermann, sowie er das Wort enthusiastisch nennen hörte, sprang eilig herbei und lief: »ja gewiß, Verehrte! Wie könnte mein Herz wohl so vielfach vereinigtem Zauber widerstehn?«

»Gebt Euch keine unnütze Mühe«, rief der Laie laut lachend, »ich meine jenen sonderbaren Grafen, den wir alle kennen. Ich hoffe einen beglückenden Ausgang weissagen zu dürfen.«

Die Schöne wollte sich auf keine nähern Erörterungen einlassen, lobte aber nachher im Verlauf des Gespräches den jungen Grafen als einen schönen und verständigen Mann, der sie auch in der Gesellschaft am meisten interessiert habe.

Auf der Rückfahrt unterhielt man sich mit heitern Gesprächen. Der Enthusiast sprengte wieder auf seinem kleinen Pferde voran und war bemüht, seine Geschicklichkeit im Reiten zu zeigen. Als sie in die Stadt hineingefahren waren, sahen sie in der Hauptstraße einen großen Volksauflauf, Getümmel, Geschrei, ein Vor- und Zurückdrängen, der Wagen mußte halten, die Wache machte Platz, und der Laie erstaunte, als er den alten Italiener zwischen den Soldaten bemerkte, die ihn als Gefangenen fortführten. »Was gibt es?« fragte er einen Vorübergehenden. »Je, der braune Schelm«, antwortete dieser, »hat einen alten Mann soeben totgeschlagen.«

Als sich die Menge verlaufen hatte und sie weiter fahren konnten, stürzte ihnen aus einem großen Hause der Graf entgegen, er rief, daß man anhalten solle, und mit einem Ausdrucke übermenschlichen Entzückens half er Julien aussteigen. Der Laie und die Tochter folgten, um zu sehen, wie sich die Szene entwickeln würde.

*

Im Saale fand Julie den alten Mann im Lehnstuhl sitzen, blaß und erschüttert, aber wohl und unverletzt. Man erfuhr, daß er den ganzen Tag durch Hin- und Herschicken, indem er seine Pässe berichtigen und auslösen mußte, von der Polizei war aufgehalten worden. Als er endlich fertig zu sein glaubte und eben einen Wagen suchte, um seiner Tochter nachzureisen, begegnete er dem thörichten Italiener, der ihn sogleich auf offener Straße angriff, um ihn zu mißhandeln. Als er aber um Hülfe rief, nahmen sich die Vorübergehenden des Greises an, und der Verwirrte wurde der Wache übergeben. Julie liebkosete den Alten und suchte ihn durch ihre Zärtlichkeit zu beruhigen. Der Enthusiast sowie der Kapellmeister waren ebenfalls Zeugen dieses Auftrittes.

»Vielen Dank«, sagte endlich der Alte, »bin ich Ihnen, mein Herr Graf, schuldig, daß Sie sich meiner so freundlich angenommen haben, jetzt aber lassen Sie uns abreisen, damit wir recht bald den Ort unsrer neuen Bestimmung erreichen.«

Er stand auf und wollte gehn, Julie blieb zaudernd und blickte verlegen auf die Gegenwärtigen, der Graf aber trat vor den Greis hin und sagte mit zitterndem Tone: »Können Sie mir das Glück meines Lebens entreißen wollen, dem ich so lange nacheilte, jetzt, nachdem ich es endlich so unverhofft und so wunderbar gefunden habe?«

»Was meinen Sie?« fragte der Alte.

»Selig würde ich sein«, antwortete der Graf, »wenn Ihre Tochter sich entschließen könnte, mir ihre Hand zu schenken. Ich bin reich, völlig unabhängig, lassen Sie uns in Liebe, Freundschaft und Musik verbunden ein Glück begründen und genießen, wie es nur immer auf Erden möglich ist.«

Der Alte taumelte wie erschrocken zurück, er mußte sich vor Zittern wieder niedersetzen. »Wie!« rief er im heftigen Weinen aus, »das könnte Ihr Ernst sein, mein Herr Graf?«

»Ich nehme«, rief dieser, »alle diese Freunde zu Zeugen; doch, Julie selbst?«

»Nun, meine Tochter«, sagte der Alte bewegt, »könntest du deinen greisen Vater so glücklich machen? Jetzt liegt es in deiner Hand, mir allen Gram meines Lebens zu vergüten und meine letzten Tage zu verherrlichen. Aber ist es denn kein Traum? Wie kommt dies alles? Kannst du dich entschließen, mein Kind?«

Die Tochter war heftig erschüttert. »O Himmel!« rief der Graf, »nein, Gewalt sollen Sie sich nicht anthun; lieber entsage ich allen meinen Hoffnungen.«

»Können Sie mich so mißverstehn?« antwortete Julie kaum hörbar, »hätten Sie wirklich nicht gefühlt, wie sehr ich mich zu Ihnen gezogen fühlte? Habe ich doch seitdem immer Ihr Bild vor Augen gehabt. Aber auch den allerfernsten Schimmer eines solchen Glücks wies ich als einen wahnsinnigen Traum zurück.«

Der Graf kniete vor ihr nieder, der Alte legte gerührt ihre Hände ineinander, dann sank sie an die Brust ihres Geliebten.

»Doch jetzt«, rief der Graf aufspringend, »nur einen Ton, einen Takt, ich weiß es zwar gewiß, daß du es bist, aber um mich völlig zu überzeugen.«

Sie sah fragend ihren Vater an, doch dieser sagte lächelnd: »Ich löse dich jetzt gänzlich von dem Gelübde, welches du mir gethan hast, jetzt darfst und mußt du alles thun, was dein Bräutigam von dir fordert.«

Da sang sie ohne alle Begleitung den Anfang des » *Stabat mater*[70] von Palestrina, so stark und voll, so anschwellend die Töne, so gehalten und lieblich, daß alle, vorzüglich aber der Graf und der Kapellmeister, in ihrem Entzücken keine Worte finden konnten.

»Ja«, sagte der Vater, als man wieder ruhiger war, »es ist mein Stolz und mein Glück, diese Stimme gebildet zu haben, ich darf es ohne väterliche Verblendung behaupten, sie ist einzig in ihrer Art, und diesen Vortrag wird man jetzt nirgends hören.«

»Aber wie kamen Sie nur dazu«, fragte der Laie, »von Ihrer Tochter sich geloben zu lassen, niemals in Gesellschaft zu singen, ja sogar dieses himmlische Talent zu verleugnen?«

---

[70] Die berühmteste Komposition Palestrinas.

»O, mein Herr«, sagte der Alte, »wenn Sie meine Geschichte kennten, mein jahrelanges Elend, wie ich verkannt und gemißhandelt wurde, so würden Sie dies und noch weit mehr begreifen. Von frühster Jugend war mein Sinn und Streben auf Musik gelichtet, aber meine Eltern waren so arm, daß sie für meine Ausbildung nur wenig thun konnten. Mit Chorsingen fristete ich mich durch, späterhin mit Stundengeben. Ich mußte mir alles selber erringen und auf den mühseligsten Wegen. Als ich den Kontrapunkt gründlich studiert hatte und alles versucht und durchgearbeitet, was zu einem musikalischen Komponisten notwendig ist, als ich nun fertig zu sein glaubte und schon manche Kirchenmusik geschrieben, die mir gelungen schien, fand ich nirgends Unterstützung, kein Mensch wollte von mir etwas wissen, mein Äußeres war nicht empfehlend, ich besaß keine feine Lebensart, mir fehlten die einschmeichelnden Manieren. Nach Italien strebte mein Sinn, doch die matten Augen meiner hülflosen Eltern sahen mich so stehend an, daß ich recht im Herzen fühlte, wie es meine Pflicht sei, für sie zu sorgen. So mußte ich denn wieder für ein geringes Geld fast auf allen Instrumenten Unterricht geben, und diese Pein, mit einem ungeschickten gefühllosen Schüler die Geige zu kratzen, immer dieselben Mißtöne zu hören, ist über alle Beschreibung. Nur ein solcher Musiklehrer erfahrt, welche Dummköpfe es in der Welt gibt. So bot man mir einen an, der schon sechs Jahre Violine gespielt hatte. ›Ei!‹ dachte ich dazumal, ›das ist doch ein Trost, da kann ich einmal musikalisch zu Werke schreiten und vielleicht einen echten Scholaren erziehn.‹ Er hatte schon Sonaten, Quartetts, Symphonieen und die schwierigsten Sachen durchgearbeitet. Und, denken Sie, als ich ihn nun ins Examen nehme, ist dieser Virtuose nicht im stande, seine Geige zu stimmen, er kennt keine Tonart, schabt alles aus dem Gedächtnis daher, hat keinen Takt und verwundert sich in seiner blanken Unschuld, daß alles das Zusammenhang habe und Wissenschaft sei. Wie das Meerwunder, das schon fast ein erwachsener Jüngling war, seinen Pleyel[71] zusammenrasselte, alle Töne falsch, ohne Bindung und Sinn, kreischend und quietschend, Gesichter schneidend und Pausbacken machend, davon haben Sie alle keine Vorstellung. Denken Sie, ich mußte mit ihm wieder einen Choral zu spielen anfan-

---

[71] Ignaz Joseph Pleyel (1757 1831); seine seichten Modekompositionen, besonders Klaviersachen, waren seiner Zeit sehr beliebt.

gen, und nach sechs oder sieben Jahren, die er schon bei einem andern Lehrer verarbeitet hatte, konnte er das nicht einmal leisten.«

Die übrigen hatten den Laien schon während dieser Erzählung lächelnd angesehn, als dieser ausrief: »Ist es möglich, daß ich so unvermutet meinen verehrlichen Musiklehrer wiederfinden muß? Ja, alter Herr, damals haben wir uns beide das Leben rechtschaffen sauer gemacht.«

»Sie sind der junge Mensch von damals?« sagte der alte Mann in Verlegenheit; »bitte tausendmal um Verzeihung, aber es war mir doch so merkwürdig, daß ich diesen Umstand niemals wieder vergessen habe. Auf diese Weise ging dann meine Jugend hin. Meine Eltern starben, ich war aber indes alt geworden. Nach und nach gab man in kleinen Orten von meinen Kompositionen. Hier und da versuchte auch ein Theater meine Opern darzustellen, aber sie machten kein Glück. Als ich meine Gattin, eine herrliche Sängerin, kennen lernte und sie ihr Schicksal mit dem meinigen vereinigte, schien mir nichts mehr zu wünschen übrig. Aber nach der Geburt meiner Tochter war ihre Stimme schwächer geworden. Ach, was ist es doch für ein unermeßlicher Verlust, wenn eine wahrhaft schöne Stimme verloren geht. Es ist ja noch weit mehr, als wenn uns ein geliebter Freund abstirbt. Und doch muß sich der Mensch auch darein finden. Meine Frau wollte es aber nicht, sie sang immer schwächer, immer stärker griff sie sich an und sang sich zu Tode. Nun war mein ganzer Himmel diese meine Tochter. Eine kleine Pension, die mir das Theater zukommen ließ, das ich eine Zeitlang dirigiert hatte, schützte mich vor der äußersten Dürftigkeit. Von jetzt vertiefte ich mich erst recht in die großen Kirchenmusiken der alten Meister. Immer armseliger erschien mir die Gegenwart. Alle die Manieren, die Liebhabereien, die überhandnahmen, waren mir verhaßt. Am abscheulichsten aber erschien mir die neue Singmethode, welche immer mehr einriß. Der rechte Ton muß wie die Sonne aufgehn, klar, majestätisch, hell und immer heller, man muß die Unendlichkeit in ihm fühlen, und der Sänger muß ja nicht verraten, daß er die letzte Kraft ausspielt. Eine Musik, recht vorgetragen, wiegt sich wie ein Stück des Himmels und sieht aus dem reinen Äther in unser Herz und zieht es hinauf. Und was ich einzig und allein im Ton hören will, ist die Begeisterung. Einen tragischen oder göttlichen Enthusiasmus gibt es, der herausklingend jeden Zuhörer von seiner menschlichen Beschränktheit erlöst. Ist die Sängerin dieser Vision fähig, so fühlt sie sich vom Sinn des Komponisten, aber auch zugleich vom Sinn der ganzen Kunst durchdrungen, daß sie Schöpferin, Dichterin wird, und wehe dem armen Kapellmeister, der dann noch Takt schlagen und das Tempo zu starr festhalten will, denn die Eingeweihte darf über die gewöhnlichen und notwendigen Schranken hinaussteigen und sich wie ein Engel schwebend aus dem Grabe des Zeitlichen erheben und triumphierend in lichter Glorie dein Unsterblichen zufliegen.«

»Das ist es«, sagte der Laie, »was ich neulich habe aussprechen wollen.«

»Die meisten Künstler«, fuhr der Alte fort, »sind nur höchstens von ihrer eigenen Virtuosität trunken, selten, selten, daß einer nur wagt, den Komponisten zu verstehn, geschweige über ihn hinauszuschreiten. So wie im letzten Fall der Komponist verherrlicht wird, so wird er im ersten fast immer vernichtet, doch ist diese Begeisterung nicht ganz zu verwerfen, weil alsdann, wenn auch auf eitle Weise, Seele in den Gesang kommt, insofern nämlich der Sänger ein wirklicher ist. Mein Kind erwuchs und ward ganz, wie ich es mir gewünscht. Sie faßte meinen Sinn, sie bekam eine Stimme, wie ich sie noch niemals gehört hatte. Ich glaubte, eine unschätzbares Kleinod in ihr zu besitzen. In dieser Überzeugung schrieb ich von ihr einem großen Hof, wo man sie zur Kammersängerin berief. Nun glaubte ich, in Ruhe und ohne Armut meine Tage beschließen zu können. Die vornehme Welt ist versammelt, und sie singt ein altes Musikstück so, daß mir die Thränen in den Augen stehn; ich selbst hatte sie nie so singen hören, denn sie hat Stolz, die Umgebung befeuerte sie. Und wie sie endigt, keine Hand, kein Wort, kein Blick. Der alte Kapellmeister kommt dann zu mir und flüstert, der Fürst und die Damen hätten geäußert, und er selber müsse die Meinung unterschreiben, meine Tochter möchte noch erst Unterricht von einem guten Sänger haben, um Schule zu bekommen.«

»Das ist es eben«, rief jetzt der Graf aus, »was sie wollen, Schule, Methode, wie sie es nennen, statt des Gesanges. Ja, das war jener Abend, als ich, Julie, in Wonne aufgelöst hinter deinem Rücken stand und dein Angesicht nicht sehen konnte. Methode! gerade als wenn ein *Solimene* oder *Trevisano*[72] den Raffael bedauern wollte, daß er nicht mehr Schule in seinen Werken zeige.«

Julie sagte: »Glauben Sie mir, mein Vater, ich kann besser singen, als ich jenen Abend sang. Ja, vor Freunden, die uns verstehn, die unserm Sinn entgegenkommen, wird die Stimme noch einmal so mächtig und die Sicherheit unendlich. Aber man fühlt es auch vorher durch geistigen Instinkt, wenn wir vor Unverständigen uns hören lassen sollen. Wird bei jenen der Gesang wie Gold in Glut der Liebe geschmolzen, so versagt bei diesen Stimme und Mut, ja, der Ton wird oft, trotz aller Anstrengung, kümmerlich. An jenem mir fürchterlichen Abende sah ich mich geflissentlich nicht um, und doch steckten mir alle die Augen der gelangweilten Hofdamen und die verwunderten Blicke der neugierigen Kavaliere in der Kehle.«

»Das Unglück, dieser Unsinn«, nahm der Alte wieder das Wort, »verwirrten mir auch den Kopf. Ohne es nur anzuzeigen, reisete ich noch in derselben kalten Nacht mit meiner Tochter wieder ab. Sie mußte mir feierlich geloben, nie anders, als nur in meiner Gegenwart, und wenn ich es ihr erlaubte, zu singen. Kam sie unter Menschen, die jetzt fast alle gern kreischen und zwitschern, so mußte sie fest verleugnen, daß sie nur irgend was von Musik wisse. Wir lebten sehr einsam, kamen wenig oder gar nicht unter die Leute. Mein Gemüt verfinsterte sich immer mehr, und hätte mich nicht meine Tochter getröstet, so wäre ich wohl längst gestorben, oder Wahnsinn hätte mich ergriffen. Ist mir doch fast, als wäre ich in manchen Stunden diesem Elende nicht allzu fern gewesen. Öfter wechselte ich den Wohnsitz und kam nun hieher, um draußen, in der Nähe finsterer Tannen recht einsam zu leben und ungestört mit meinem Kinde Gesang und Musik zu üben. Da sah mich neulich der Herr (indem er auf den Kapellmeister wies) draußen, und gestern wollten sie beide in der Nacht mein Haus bestürmen, was ich freilich ganz anders auslegte, als es sich nun zu meinem unerwarteten Glücke ausgewiesen hat.«

---

[72] Francesco Solimena (1657-1747), Maler, talentvoll, aber flüchtig in der Zeichnung, manieriert, ohne rechte Zucht und Schule! Francesco Trevisani (1656-1746), Maler, fruchtbar, alle möglichen Stile nachahmend, gefällig, doch ohne Tiefe und Ernst; zahlreiche Bilder von beiden in der Dresdener Galerie.

Man setzte fest, daß noch heut abend die Verlobung sein sollte, zu welcher auch der Baron und seine Familie gebeten wurde.

»Aber halt!« rief der Kapellmeister, »Ihr Gelübde, Herr Graf, welches Sie in dieser Nacht gethan haben, daß Ihre schöne Braut noch vor der Vermählung die Hauptpartie in meiner Oper singen soll!«

»Es sei«, sagte der Graf, »wenn es meiner Julie nicht unangenehm ist.« Man sah es ihr aber auch ohne ihre Versicherung wohl an, daß es ihr Freude mache, auf eine so glänzende Art ihr großes Talent zu entwickeln.

‹leer/›

Ehe der Graf in das Schauspiel ging, nahm er noch einmal den alten Italiener einsam vor und sagte: »Ihr hättet neulich fast Unglück gestiftet, alter Thor, reiset nun, wozu ich Euch ausgestattet habe, in Eure Heimat zurück, lebt dort ruhig, und Ihr werdet richtig Eure Pension ausgezahlt erhalten, die Euer Alter froh und sorgenlos machen kann.«

»Eccellenza«, antwortete der Verwirrte, »sein die Großmut selbst, bitte auch auf Knieen um Pardon, daß den Schwiegervater habe prügeln wollen, den alten boshaften Hortensio, der alle Musik ruiniert. Ich hatte lange draußen gelauert und war im Wald vor Müdigkeit und Chagrin eingeschlafen, unterdessen er auf und davon. Untersuche alle Dörfer dort, komme müde und matt zurück, da rennt er über die Straße: Herr Graf, da zog es mich so gewaltig, ich mußte losprügeln und wenn's mein leiblicher Vater gewesen wäre.«

Als Julie sich in der schöngesetzten Partie zeigte und in vollen Tönen so sicher ausstrahlte, war das Entzücken des Publikums allgemein. Die Zeichen des Mißfallens, die einige Freunde der eigensinnigen Sängerin wollten hören lassen, mußten beschämt verstummen. Als die große Arie gesungen war, entstand ein so lautes Beifallrufen, ein solches Jauchzen und Geräusch, daß Musik und Stück innehielt. Als es ruhiger war, hörte man eine laut heisere Stimme, die vom Parterre heraufrief: »Taugt nix! Gar nix! Miserable Pfuscherei, kein Vortrag, ist nur Aberwitz und deutsche Seelenmanier des verrückten Herrn Hortensio!« Es war der alte Italiener, der sich noch einmal vernehmen ließ, aber genötigt wurde, das Theater zu verlassen.

Noch niemals hatte in dieser Stadt eine Oper so großes Glück gemacht, der Kapellmeister war beseligt, der Vater glücklich, der Graf entzückt, der Laie in frühere Jahre versetzt und der Enthusiast, was die übrigen freute, ohne Worte.

Bald darauf war die Vermählung der Glücklichen. Dann zog der Graf auf seine großen Güter; alte Musik, die Kompositionen Hortensios, Opern wurden in seinen Sälen gegeben, und die abwesenden Freunde hörten in Briefen nur von der ungetrübten Freude dieser auf so wunderliche Art Vereinigten.

Über tredition

Eigenes Buch veröffentlichen

tredition wurde 2006 in Hamburg gegründet und hat seither mehrere tausend Buchtitel veröffentlicht. Autoren veröffentlichen in wenigen leichten Schritten gedruckte Bücher, e-Books und audio-Books. tredition hat das Ziel, die beste und fairste Veröffentlichungsmöglichkeit für Autoren zu bieten.

tredition wurde mit der Erkenntnis gegründet, dass nur etwa jedes 200. bei Verlagen eingereichte Manuskript veröffentlicht wird. Dabei hat jedes Buch seinen Markt, also seine Leser. tredition sorgt dafür, dass für jedes Buch die Leserschaft auch erreicht wird.

Im einzigartigen Literatur-Netzwerk von tredition bieten zahlreiche Literatur-Partner (das sind Lektoren, Übersetzer, Hörbuchsprecher und Illustratoren) ihre Dienstleistung an, um Manuskripte zu verbessern oder die Vielfalt zu erhöhen. Autoren vereinbaren direkt mit den Literatur-Partnern die Konditionen ihrer Zusammenarbeit und partizipieren gemeinsam am Erfolg des Buches.

Das gesamte Verlagsprogramm von tredition ist bei allen stationären Buchhandlungen und Online-Buchhändlern wie z. B. Amazon erhältlich. e-Books stehen bei den führenden Online-Portalen (z. B. iBookstore von Apple oder Kindle von Amazon) zum Verkauf.

Einfach leicht ein Buch veröffentlichen: **www.tredition.de**

Eigene Buchreihe oder eigenen Verlag gründen

Seit 2009 bietet tredition sein Verlagskonzept auch als sogenanntes "White-Label" an. Das bedeutet, dass andere Unternehmen, Institutionen und Personen risikofrei und unkompliziert selbst zum Herausgeber von Büchern und Buchreihen unter eigener Marke werden können. tredition übernimmt dabei das komplette Herstellungs- und Distributionsrisiko.

Zahlreiche Zeitschriften-, Zeitungs- und Buchverlage, Universitäten, Forschungseinrichtungen u.v.m. nutzen diese Dienstleistung von tredition, um unter eigener Marke ohne Risiko Bücher zu verlegen.

Alle Informationen im Internet: **www.tredition.de/fuer-verlage**

tredition wurde mit mehreren Innovationspreisen ausgezeichnet, u. a. mit dem Webfuture Award und dem Innovationspreis der Buch Digitale.

tredition ist Mitglied im Börsenverein des Deutschen Buchhandels.

Dieses Werk elektronisch lesen

Dieses Werk ist Teil der Gutenberg-DE Edition DVD. Diese enthält das komplette Archiv des Projekt Gutenberg-DE. Die DVD ist im Internet erhältlich auf **http://gutenbergshop.abc.de**

Zeitfracht Medien GmbH
Ferdinand-Jühlke-Straße 7
99095 Erfurt, Deutschland
produktsicherheit@kolibri360.de